다시,
100병동

다시, 100병동

인쇄 · 2020년 10월 15일
발행 · 2020년 10월 20일

지은이 · 노은희
펴낸이 · 한봉숙
펴낸곳 · 푸른사상사

주간 · 맹문재 | 편집 · 지순이 | 교정 · 김수란
등록 · 1999년 7월 8일 제2-2876호
주소 · 경기도 파주시 회동길 337-16 푸른사상사
대표전화 · 031) 955-9111(2) | 팩시밀리 · 031) 955-9114
이메일 · prun21c@hanmail.net
홈페이지 · http://www.prun21c.com

ISBN 979-11-308-1710-1   03810
값 16,000원

문화체육관광부   충청북도   청주시 CHEONGJU CITY   청주시문화산업진흥재단 CHEONGJU CULTURAL INDUSTRY PROMOTION FOUNDATION   청주 문화도시 조성사업

이 책은 문화체육관광부, 충청북도, 청주시, 청주시문화산업진흥재단의 지원을
받아 발간되었습니다.

28 푸른사상 소설선

다시, 100병동

노은희 소설

푸른사상
PRUNSASANG

작품을 쓰는 동안 생을 살아가는 '우리'의 모습에 대해 진지하게 돌아보았습니다. 죽음에서 결코 자유로울 수 없는 인간의 삶을 떠올리며 사회적으로 대두되는 간병 살인에 대해 접근해보고 싶었습니다. 어쩌면 우리는 끊임없는 애도의 삶을 살고 있는지도 모릅니다. 자신의 주어진 삶을 스스로의 것으로 오롯이 살아가기 힘든 간병인을 조명하면서 아팠지만, 의미 있었습니다.

외할머니를 간병하는 어머니의 삶을 지켜보면서 수많은 당신들의 얼굴을 외면할 수 없었습니다. 고생했던 시간을 뒤로하고 가슴 아파하며 애도하는 모습 속에는, 미래 우리의 민낯이 담겨 있었습니다.

작가의 사회적 책무를 외면하지 않은 슬픔이었기에 기꺼이 소설 속 인물들의 삶에 뛰어들었습니다. 작품이 나오기까지 함께해준 귀한 인연에 깊은 감사를 전합니다. 마음이 따뜻한 분들과 소통하며 사는 것이 진짜 행복이라는 걸 가르쳐주신 경기수필가협회 이경선 회장님과 식구들께 감사의 인사를 전하며, 작가의 연대와 책임에 대해 늘 환기하게 해주시는 충북작가회의 정연승 회장님과 가족들에게 고마운 맘을 전합니다.

늘 응원해주시는 김선희 선생님과 소설에 첫발을 씩씩하게 들여놓게 해주신 김양호 교수님께도 존경의 마음을 전합니다. 좋은 작품을 쓸 수 있게 항상 격려해주시는 김수복 교수님과 작품집을 낼 수 있도록 지원을 아끼지 않으신 청주시산업진흥재단에 고개 숙여 인사 올립니다.

소설 속에 등장하는 유언장, 성경 필사, 탄원서, 비밀일지 등은 기록과 보존의 가치를 상기하기 위한 의도적이고, 부수적인 장치였음을 밝히는 바입니다. 사업의 취지인 기록문화 가치 창출에 조금이라도 보탬이 되고자 하는 마음, 간절합니다.

청렴한 작가의 삶을 늘 본보기로 보여주시며 꼼꼼하게 소설을 보아주신 추계예술대학교 김다은 교수님과 출간의 기쁨을 함께하고 싶습니다. 교수님 덕분에 아마추어에서 벗어나 진짜 프로가 되는 방법을 고민하게 되었습니다. 사회적 거리 두기로 모두가 힘든 시기를 살아가고 있습니다. 제 소설집이 독자에게 작은 위로를 전할 수 있길 소망합니다. 느린 걸음이지만, 오늘도 천천히. 따뜻한 위로가 필요한 사람들을 향해 걸어가겠습니다.

2020년 10월
노은희

차례

간병 살인

아내는 오늘도 나에게 간곡하게 죽음을 요청했다. 복합 부위 통증 증후군을 앓고 있는 아내는, 마약 성분이 첨가된 막대사탕 모양의 진통제를 종일 입에 물고 있다. 회사를 마치고 퇴근길을 서두르던 아내는 집으로 오는 버스를 발견하고는 반가운 마음에 급히 뛰었다. 그 순간, 작은 돌멩이에 미끄러져 넘어진 아내는 한참을 일어나지 못했고, 결국 택시를 타고 집으로 귀가했다. 상황을 듣고 단순하게 발목을 삐끗한 정도로만 생각했는데, 아내의 발목은 생각보다 많이 부어올랐다. 삐질삐질 진땀까지 흘려가며 발목 찜질을 하던 아내가 갑자기 자지러지는 비명을 질러댔고, 무언가 잘못되었음을 직감한 나는 아내를 업고 응급실을 향해 달렸다. 너무 아픈 아내는 입술을 질근질근 깨물며 살려달라고 소리치지 않고 죽을 것 같다고, 차라리 죽는 게 나을 만큼 너무너무 아프다고 절규하듯 말했다. 나는 등 뒤에서 아내의 숨이 넘어갈까 봐 앞만 보고 정신없이 뛰었다. 의료 지식이 전무한 나는, 최악의 상황은 발목의 인대가 절단된 것이라고 생각했다. 아내가 사랑하는 주님이 부디 아내를 낫게 해주시길 기도했다.

'관계자 외 출입금지' 구역에서 아내는 무언가 복잡하고 다양한 검사들을 빠르게 진행했고, 의사는 고개를 갸웃거리며 동그란 뿔테 안경을 곧게 치켜 올렸다. 깨알 같은 글씨가 가득 적힌 검사 결과지를 한참 들여다보더니 퍽 자신 없는 말투로 복합 부위 통증 증후군이 제일 의심된다며, 큰 대학병원에서 정밀검사를 받아보라고 권했다. 동네 병원이 아닌 대학병원으로 가야만 검사 장비를 갖춰놓았을 거라며 소견서를 적어 건네주었다. 그것을 시작으로 아내의 사라지지 않는 통증은 계속되고 있었다. 아내는 네발짐승처럼 방바닥을 엉금엉금 기어다녔다. 발로 걸음을 온전하게 디딜 수 없다고 했다. 그리고 뒤꿈치가 땅에 닿는 순간 발끝부터 타들어가는 극심한 고통이 시작된다고 했다. 무릎으로 기어다니는 아내의 옷은 꼬질꼬질 더러웠다. 통증에 대한 생생한 기억은 아내에게 최소한의 인간적인 삶조차 허락하지 않았다. 청결했던 아내는 금세 추저분한 몰골을 하고 있었다. 평소 애 엄마 티가 나지 않던 깔끔한 아내는 사라지고 없었다.

한 달에 한 번 기름진 머리를 겨우 감길 수 있었다. 윤기가 나는 머리칼을 찰랑거리던 아내였다. 긴 생머리를 귀 뒤로 쓸어 넘길 때, 생긋 웃는 귀여운 인상에 첫눈에 반해 아내를 졸졸 따라다녔다. 하지만 지금은 빗질 자국이 선명해질 때까지 찌꺽찌꺽 머릿기름이 내려앉아도 머리 감기를 거부하고 있다. 두피에 물만 가져다 대도 날카로운 칼로 살점을 도려내듯이 아프다고 말했다. 살점이 불에 활활 타는 것처럼 화끈거린다며 울부짖었다. 아내를 위해 떨어지지 않고 장만해야 했던 향기 좋은 헤어 린스와 성분을 꼼꼼히 챙겨 읽으며 장만한 에센스 따위는 모두 쓸모없는 물건으로 전락하고 말았다. 딸아이는 아내 취향의 린스와 컨디셔너를 뜻하지 않게 물려받아 사용하고 있다.

샤워기의 수압을 가장 약하게 조절해야 했다. 졸졸 물이 흐르는 정도로만 감겨내지 않으면 두피에 느껴지는 수압에 꽥꽥 비명을 질렀다. 내 마음 같아서는 물의 수압을 높여 시간을 단축해 거품을 빠르게 헹궈내고 싶었지만 그럴 수 없었다. 낮은 수압으로 시간이 걸리더라도 천천히 샴푸 거품을 씻어내야 했다. 그것은 아내의 병을 대하는 태도와도 관련한 것이었다. 한번 앓기 시작하면 현대의학으로는 나을 방법이 없다. 아내의 지루한 병을 함께하기 위해서는 오래 참고, 느긋하게 기다려야만 한다. 참는 자에게 복이 있나니……. 나는 하루에도 수십 번 이 말씀을 경건한 마음으로 읊조렸다. 언제까지 참아야 하는지 알 수도 없는 채로.

샴푸의 거품만을 겨우 거둬내는 탐탁지 않은 머리 손질이 끝나면 머리카락을 말리는 것 또한 전쟁이다. 헤어드라이어를 사용할 수가 없을뿐더러 뚝뚝 떨어지는 물조차 시원하게 탈탈 털어낼 수가 없다. 수건으로 문지르면 두피를 얇게 포를 뜨는 느낌이 든다고 했다. 지저분해진 아내를 책망할 수도 없는 나는 보이지 않는 통증과 싸우는 아내의 손과 발이 되어 살아야 했다. 차라리 살점이 떨어져 나가고, 피를 뚝뚝 흘렸더라면 아내의 고통에 쉽게 공감했을지 모른다. 상처가 아물어가고 피가 멎는 과정을 눈으로 지켜보며 보호자로서 만족을 느끼며 하루빨리 치유되기를 간절히 바랐을 것이다. 하지만 복합 부위 통증 증후군은 오롯이 환자 혼자만이 감당해야 하는 보이지 않는 고통이었다. 다른 사람의 눈에는 꾀병처럼 보이는 참으로 고약스럽고 지독한 병이다. 사람들은 자꾸 아픈 아내를 의심한다. 발버둥 치는 아내를 보면서 '대체 얼마나 아프길래 저럴까?' 하는 의구심이 가득한 눈초리로 멀뚱멀뚱 바라본다.

수시로 고통에 몸서리치는 아내는 결국 똘똘이를 입양 보냈다. 똘똘이는 아내가 처녀 시절부터 키우던 귀여운 검정색 푸들 강아지였다. 눈도 못 뜬 새끼를 친구에게 분양받아 와 온갖 정성을 들여가며 키운 애완견이었다. 젖이 떨어지지도 않은 새끼를 데려와 애견용 초유 성분이 함유된 분유를 우유병에 타 먹여가며 사랑으로 키운 반려견이었다. 하지만 반갑다고 다리에 매달리는 행동을 아내는 도저히 받아들일 수가 없었다. 극심한 고통에 치를 떨어야 했기 때문이다. 똘똘이의 입장에서도 아내의 돌변한 태도를 이해할 수 없었을 것이다. 반가움의 몸짓을 받아주지 않는 주인의 태도에 실망한 똘똘이는 더욱 처절하게 깨끔발을 딛고 깡충깡충 아내의 다리에 매달렸고, 아내는 크억크억 끔찍한 비명을 질러댔다. 예전처럼 살갑게 자신을 쓰다듬어주고 아는 체를 해주길 바랐던 똘똘이는 날이 갈수록 풀이 죽었다. 주인의 갑작스러운 변심은 똘똘이의 입장에서 퍽 당혹스러운 것이었고 말귀를 알아들을 리 없는 똘똘이는 슬렁슬렁 꼬리짓하며 눈치만 보는 천덕꾸러기 반려견 신세가 되었다.

시청에서 발급해주는 동물등록증을 받아온 날, 아내는 똘똘이를 끌어안고 활짝 웃으며 말했다. 누나는 너의 소유자야, 그러니 절대로 나를 벗어날 수 없다구! 큭큭 웃던 아내는 동물명이 적힌 똘똘이의 이름을 쓰다듬으며 똘똘이의 생일을 정확하게 기억하지 못하는 것을 아쉬워했다. 태어난 날을 기억해주지 못해서 정말 미안해. 하지만 너를 입양한 날을 생일로 기억하고 잊지 않고 파티를 열어줄게. 맛있는 소가죽 개껌도 사주고 말이야. 도통 알아들을 수 없는 아내의 말에 똘똘이는 눈을 꿈뻑이며 알아듣는 척하고 얌전히 품에 안겨 있었다. 아내는 똘똘이를 사랑과 정성으로 키웠다. 가족으로 받아들인 순간부터 편안하고 안락한 견생을 살아내던 똘똘이였다. 아내가 아프지 않았더라면 똘똘이는 마지막 순간까지 아내의 품속에서 재롱을 부릴 수 있었으리라.

아내는 예의 다정한 음성으로 똘똘이를 설득하고 있었다. 누나가 많이 아파서 그래. 똘똘이가 싫거나 미워서가 아니야. 똘똘이와 같이 살고 싶지만, 이제는 헤어져야 할 것 같아. 똘똘이는 알아듣지 못하는 얼굴로 아내를 멀거니 바라만 보았다. 아내의 손길이 미치지 않는 똘똘이는 영락없는 유기견 꼴이었다. 분홍색으로 꼬리를 염색해주고 양쪽 귀에 샛노란 리본을 매달아주던 아내는 자신의 몸뚱이만으로도 버거워 똘똘이의 미용은 뒷전이었고, 그나마 사력을 다해 사료통에 먹이를 부어주는 것이 전부였다. 똘똘이의 귀여운 재롱을 보기 위해 녀석의 간식을 장만하고 수시로 똘똘이를 산책시켜주던 다정한 주인은 사라지고 없었다. 똘똘이의 물그릇에는 둥둥 먼지가 떠다니는 날이 많았다. 똘똘이는 개집에 틀어박혀 나오지 않는 날이 더 많아졌다. 시위하듯 잘 먹던 사료에도 입을 대지 않았다. 입에 맞지 않는 것 같아 노령견 전문 사료로 바꾸어주었지만 굶기로 작정한 듯 완강히 먹이를 거부했다. 사는 것이 의미가 없어진 똘똘이는 배에서 꼬르륵 소리가 나도 밥을 먹지 않았다.

작별하던 날, 아내는 방에서 나오지 않았다. 똘똘이는 처음 분양해주었던 제 형제가 사는 곳으로 떠났다. 아내는 아픈 와중에도 똘

다시, 100병동

똘이의 집, 가지고 놀던 삑삑 소리가 나는 개뼈다귀 모양의 장난
감, 방울 소리가 나는 축구공, 피부에 좋다고 해서 사둔 애견용 약
용샴푸, 잘 드는 손톱 가위와 소독한 물병, 잘 먹던 간식까지 꼼꼼
히 챙겨 짐을 꾸려놓았다. 십오 년 가까이 살면서 능구렁이가 된
똘똘이였지만 이별의 이유를 납득할 수 없는지 낑낑거렸다. 아내
가 제소리를 듣지 못한다고 생각했는지 똘똘이를 사력을 다해 컹
컹 짖었다. 하지만 아내는 끝내 똘똘이를 배웅하지 않았다. 십오
년 동안 자신을 마중해준 똘똘이와 아무렇지도 않게 작별할 자신
이 없었을 것이다. 강산이 변하고도 남을 십오 년의 짧지 않은 세
월도, 인간의 언어를 이해하는 데는 한계가 있는 노령견이다.

아내는 차마 똘똘이가 다른 사람의 품에 안겨 집을 나서는 모습
을 지켜볼 수 없었을 것이다. 그나마 똘똘이가 자주 보던 친구 집
으로 가서 마음이 놓였다. 아내의 친구도 서러운 마음을 헤아리는
지 내게 눈짓으로 가겠다고 인사만 했다. 사랑하는 반려견을 떠나
보낸 밤, 아내는 꺼이꺼이 소리 내어 울었다. 아내도 가엾고, 영문
도 모르고 쫓기듯 떠나버린 똘똘이도 안쓰러워 나 또한 마음이 울
적했다. 나는 똘똘이와 함께 찍은 사진이 담긴 액자를 모두 치워
버렸다. 사진을 마주할 때마다 아내가 서글퍼할 것 같았기 때문이
다. 만날 수 없다면 안 보는 편이 낫다는 판단이 들었다. 눈에서 멀
어져야 마음에서도 멀어질 수 있다. 순전히 아내를 위한 배려였다.

간병 살인

귀염성 있는 똘똘이는 나에게도 선뜻 곁을 내어주었고 정이 듬뿍 들어서 나 또한 이별이 쉽지는 않았다. 집 안, 구석구석 녀석과의 추억이 서려 있었고 마음이 허전한 날에는 의지가 되었던 반려견이었다.

형제와도 재회하고 마음씨 좋은 원래 주인도 듬뿍 사랑을 주었지만, 노령견 똘똘이는 시름시름 앓았다. 밥도 잘 먹지 않고, 최근에는 물을 마시는 횟수조차 부쩍 줄었다고 하더니, 결국은 집을 떠난 지 한 달도 채 되지 않아서 하늘의 별이 되었다. 온 마음을 다해 사랑했던 주인의 갑작스러운 변심은 똘똘이에게 깊은 마음의 병을 심어준 것이다. 자신의 의지와는 상관없이 아픈 헤어짐을 치러낸 똘똘이는 결국 우울증을 이겨내지 못하고 죽기로 마음먹고, 그대로 죽어버렸다. 언젠가 '동물도 자살한다'는 신문기사를 본 적이 있다. 해저 탐사를 위해 인간이 띄운 잠수함이 돌고래의 언어를 방해하여 소통이 단절된 돌고래들이 뭍으로 올라와서 자살을 한다는 짤막한 기사였다. 돌고래보다 영리한 똘똘이는 분명 스스로 죽음을 선택했을 것이다. 나는 똘똘이가 자연사가 아닌 자살을 택한 것이라 믿고 있다. 주인의 사랑이 부재한 똘똘이의 세상은 적막한 어둠만이 가득했을 것이다.

아내는 똘똘이의 죽음을 직감한 듯 나직이 말했다. 여보, 우리 똘똘이가 먼 길로 떠났나 보다……. 꿈에 나와서 나한테 인사를 하고 떠났어. 나한테 엄청 서운했는지 잡으려고 다가서면 저만치 멀어지고, 다가서면 멀어지고 하더니 저 혼자 폴짝 외나무다리 건너…… 뒤도 돌아보지 않고 막 뛰어가더라고. 깜깜한 어둠 속으로 뒤 한 번 돌아보지 않고 뛰어가버렸어. 둘의 진한 우정도 복합 부위 통증 증후군 앞에서는 어쩔 도리가 없었다. 헤어진 지금도 아내와 똘똘이는 보이지 않는 끈으로 엮여 있는 듯했다. 마음으로는 똘똘이를 떠나 보내지 못한 것이다.

근래에는 아내와 같은 방을 쓸 수도 없었다. 손길이 살짝 스치기만 해도 응급실을 가야 할 만큼 격한 통증을 호소하는 아내와는 늘 떨어져 잠을 자야 했다. 잠결에도 손을 더듬어 아내를 안으면 마음이 얼마나 푼푼했던가. 내 손길이 닿으면 어여쁜 아기새처럼 내 가슴으로 쏘옥 파고드는 아내가 좋아서 나는 미소를 머금고 달콤한 잠에 다시금 빠져들곤 했다. 그런 소박한 기쁨들이, 삶의 넘치는 행복이었다는 것을 아내는 너무 잔인한 방법으로 가르쳐주고 있다. 아내가 복합 부위 통증 증후군을 진단받은 후, 나는 시도 때도 없이 응급실을 들락거리려야 했고, 아내가 필요로 하는 마약성 진통제를 처방받기 위해서는 큰 대학병원까지 고속도로를 타고 쉼 없이 달려야만 했다. 당장 숨이 넘어갈 것 같은 아내를 태우고 달리며 수도 없이 속도위반 딱지를 끊었다. 중앙선으로 차도를 넘어 아찔한 경주 같은 운전을 하기도 했다. 살려달라는 비명 앞에서 나 또한 온전히 정신을 차릴 수가 없었다. 살아도 같이 살고, 죽어도 같이 죽자는 마음으로 늘 운전대를 잡았다.

　속도를 내지 않으면 아내의 숨이 멈춰버릴 것만 같아 앞만 보고 질주하며 차를 몰았다. 차라리 고속도로에서의 사정은 나았다. 과속방지턱이 많은 골목이나 어린이보호구역, 노인보호구역은 살짝만 넘어도 추락사를 하는 듯 귀청이 찢어져라 소리를 질러댔다. 도로 한복판에 생긴 싱크홀을 차마 발견하지 못하고 속도를 줄이지 못하자 아내는 내게 온갖 험한 말을 뱉어냈다. 부드럽고 온화한 미소의 아내는 사라지고 없었다. 어쩌면 아내는 가면을 쓰고 살아왔는지도 모른다. 아픈 아내는 내게 상상조차 하지 않았던 모습을 너무도 자주 보여주고 있다. 때때로, 일부러 과속방지턱을 거칠게 넘는다는 억지 주장을 펼치며 내게 소리를 질러댔다. 수고의 대가를 바란 것은 아니지만 말도 안 되는 소리를 하며 피곤하게 굴 때는 나도 모르게 인상이 찌푸려졌다. 아내를 차에 태우고 달리면서 극심한 스트레스를 받은 나는 원형탈모까지 진행 중이다. 동그랗게 뭉텅 빠진 머리카락은 다시는 자라나지 않는다. 모공이 막혀버린 듯 맨질맨질한 살이 되어버린 두피는 또 다른 스트레스가 되었다.

　수시로 병원 응급실을 외쳐대는 아내에게 나는 조금만 더 참아보라는 말을 하게 되었고, 자신의 무시무시한 통증을 이해하지 못하는 나를 향해 아내는 툭하면 죽어버리겠다며 날선 협박을 했다. 평

다시, 100병동

소의 아내는 사분사분하고 상냥한 성격이었다. 친구들에게 아내를 소개하면 정말 여성스럽다고 감탄을 연발하며 나를 얼마나 치켜세워주었던가. 그런 다소곳한 아내의 모습이 좋아서 나는 사람들이 많은 모임에 아내와 더불어 외출하는 것을 좋아했다. 하지만 지금의 아내는 한 마리의 사나운 짐승이 되어 밤낮없이 죽여달라고 자신을 살해해줄 것만을 간곡히 요청하고 있다. 마약성 진통제 없이는 잠도 잘 수 없고 눈을 뜨고 있는 시간에도 자신의 삶을 살아낸다고 표현할 수 없는 아내는 죽음만이 자신이 가야 할 길이라 여기는 듯했다. 정작 아내는 스스로 죽을 형편이 되지도 못했다. 난간에 올라서려면 주먹이라도 꼭 쥘 힘이 있어야 하는데 아내는 작고 가벼운 물건 하나도 움켜쥘 힘이 없다. 주먹을 쥐는 순간 자신이 준 압력에 아내는 또 데굴데굴 땅바닥을 굴러야 했다. 나의 도움 없이는 죽음조차도 꿈꿀 수 없는 아내가 가엾기보다 자꾸 짐스럽게 여겨진다. 검은 머리가 파뿌리 될 때까지 알콩달콩 살자던 사랑의 달콤한 약속은 아내의 질병 앞에서 힘없이 소멸해버렸다.

1절

어찌 그와 같이 모진 마음을 먹을까 하나 겪어보지 못한 사람은 알 수 없는 바 고통이 지극하다 할 것이며 이제는 나를 위하여 살고 싶은 마음만이 간절한 즉 죽이지도 못하는 신세만을 탓하니 하나님이 크게 노여워하시더라.

사라지지 않는 통증의 늪

눈에 보이지 않는 아내의 통증은 무시무시한 것이라고 짐작만 할 뿐, 나조차도 가늠할 수가 없다. 처음에는 죽음을 요청하는 아내에게 단호한 표정으로 그래도 살아야 하지 않겠냐고 말했다. 서슴지 않고 끝까지 돕겠다는 맹세도 했다. 하지만 차츰 시간이 지나면서 '저런 모습으로 살면 뭐 하나.'라는 야속한 생각이 들었다. 자신의 의지대로 밥숟갈조차 뜨지 못하는 삶이 과연 어떤 의미가 있는지 스스로에게 질문을 던지기 시작했다. '나라면 어떨까.' 스스로에게 물어도 답은 같았다. 끝나지 않을 고통 속에서 삶을 산다는 것이 너무도 끔찍했다.

더는 고통스럽게 비명을 질러대는 아내를 위해 고속도로 위에서 속도를 내지 않게 되었다. 극심한 고통에 쇼크사로 아내가 죽어버리더라도 더는 슬퍼할 것 같지 않았다. 한 번에 쇼크사를 맞이할 수 있다면 그것만으로도 아내의 마지막은 복 받은 것이라 생각하게 되었다.

나는 밤새 앓는 아내의 거친 신음을 들으며 인터넷 창을 열어 '편안하게 죽는 법'을 검색해보았다. 아내는 기어들어가는 소리로, 여보…… 지금…… 응급실에…… 바로, 가야…… 할 것 같아, 라고 애원하듯 말했지만 나는 잠에 빠져든 척 아내 곁으로 가지 않았다. 아내는 침대 머리맡에 매달아둔 종을 칠 힘도 없는지 계속, 여보…… 나…… 좀 도와…… 줘……, 라고 애걸하듯 말했다. 하지만 늘상 반복되는 일상에 지칠 대로 지쳐버린 나는 덤덤하게 데이터를 켜고 '빨리 편안하게 죽는 법'이라고 좀 더 구체적인 정보를 넣었다. 목숨처럼 사랑했던 아내였지만 이제는 함께 있는 시간이 턱턱 숨이 막혔다.

생기가 없는 눈으로 아내는 나를 향해 욕을 뱉어댔고, 자신의 신세가 처량한지 한번 울음을 터뜨리면 그칠 줄 몰랐다. 눈물을 흘려도 닦아줄 수도 없다. 자칫 잘못 건드렸다가는 더 극한 고통과 마주해야 하기에 그저 뒷짐 지고 아내의 눈물을 바라볼 수밖에 없었다.

그런 비상식적이고 비인간적인 태도를 취해야만 하는 내 신세가 고루하고 따분했다. 아내의 병으로 인해 인간성이 말살되어가는

24

내 모습이 싫었다. 예전처럼 다정하고 따뜻한 남편이고 싶었다. 할 수 있는 것들을 잘해가며 아내에게 듣는 칭찬은 얼마나 마음을 뿌듯하게 만들었던가. 넉넉한 품으로 아내를 보듬어주던 가장의 모습도 내게 사라져버렸다.

아내는 비명을 지르며 고통을 호소했지만 어떤 오기가 발동한 나는 꿈쩍도 하지 않았다. 응급실에 가봐야 마약성 진통제를 처방받고 순간의 고통만을 이겨내는 것이 전부이지 않은가. 응급 진료를 받고 돌아오면 지갑은 더욱 얄팍해질 것이고, 당장 내야 할 딸아이의 교복 구입비도 언뜻 떠올랐다. 서로가 피곤한 일이었다. 그럴 바에는 아내 혼자 앓는 편이 낫다는 생각을 하며 애써 외면하는 나 자신을 스스로 합리화시켰다. 아내는 데굴데굴 구르다 그대로 지쳐 잠이 들었다. 얼마나 땀을 흘렸는지 머리칼이 축축하게 젖어 있었지만, 어차피 나는 공감할 수 없는 고통이었다. 아내를 위해서는 머리를 감겨주기보다 감기지 않는 편이 나았다. 나는 질끈 눈을 감고 이불을 뒤집어썼다. 늘 최악의 선택을 거듭해야만 하는 나의 마음도 찢기고 상처받기는 매한가지였다.

이제 내가 죽을 것 같아…… 나도 이제는 좀 사는 것같이 살고 싶다. 당신 병수발만 하는 인생을 생각하니 암담해…… 이제 정말 다 그만하고 싶어……. 나도 모르게 뱉어진 말에 스스로가 놀랐다. 나는 일기장을 꺼내 이런 편협한 마음을 지우기 위해 또박또박 글씨를 썼다. 지금 이 순간 가장 외롭고 힘든 사람은 아내이다. 그런 아내와 함께하기 위해서는 모든 걸 내려놓자. 오직 사랑하는 아내만을 생각하자. 나 자신과의 약속을 상기하듯 큼직한 활자로 꾹꾹 눌러 글씨를 썼다.

단 한 번도 법망의 보호를 받지 못하는 사람들의 사정을 헤아려 본 적이 없다. 그냥저냥 안정적이었고, 무언가를 원망해야 할 만큼 억울한 일을 당해본 적도 없었다. 하지만 지금은 너무도 억울하다. 통증이라는 게 눈에 보이는 것이 아니어서 장애로 적용받을 수 없다는 사실에 화가 치민다. 통증의 강도를 나눌 수 있는 마땅한 기준이 없단다. 날마다 나는 징그러운 통증을 눈에 보며 살고 있지만, 장애로 인정되지 않아서 장애인 택시를 호출할 수도 없고, 장애인 주차 구역에 차를 댈 수도 없다. 국가에서 지원해주는 의료 보조금도 신청할 수 없다.

고생해서 번 돈은 모두 아내의 병원비로 따박따박 지출되었고, 평생 아내를 위해 헌신할 수 있을 것 같았던 나도 치졸하게 돈의 쓰임을 일일이 따져 묻기 시작했다. 물론 아내에게 직접적으로 돈에 대해 이야기한 적은 없다. 마약성 진통제조차 잘 듣지 않는 요즘, 아내는 줄곧 정신 줄을 놓고 있는 시간이 많고 잡다한 가정사를 의논하기에 아내는 혼자 몸을 추스르기에도 버거워 보였다.

올해 고등학생이 된 딸아이는 기숙사가 있는 학교에 진학했다.

26

스스로 대학을 포기하고 취업이 용이한 제과·제빵전문학교로 들어간 것이다. 직장을 잡아 돈을 벌어야 한다고 생각했을 것이다. 기숙사에 보낼 아이의 짐을 정리하면서 문득 나는 아내의 끔찍한 신음을 듣지 않아도 되는 딸아이가 부러웠다. 회사에도 기숙사가 있다면 당장이라도 들어가고 싶었다.

경제 사정이 넉넉했더라면 간병인을 두고 그저 열심히 돈만 벌어오는 삶을 택했을지도 모른다. 그랬더라면 아내를 이토록 짐스럽게 여기지는 않을 것 같다. 매일매일 악다구니를 쓰는 날짐승 같은 아내는 내가 살기를 품기에 충분했다. 딸아이는 진심이 담겨 있지 않은 눈으로 건조하게 말했다. 아빠, 엄마를 잘 부탁해. 아빠만 혼자 남겨두고 가서 정말 미안해. 나도 기숙사 들어가서 열심히 공부할게. 떠나는 딸의 뒷모습을 바라보며 나도 어딘가로 도망칠 수 있는 도피처가 있다면 얼마나 좋을까 하는 생각을 했다.

인간이란 얼마나 이기적인가. 따뜻한 품으로 늘 나의 도피처가 되어주었던 아내를 병들었다고 외면하는 내 마음이 끔찍스러웠다. 아내는 늘 나를 위해 무릎 기도를 멈추지 않던 착한 배우자였다. 그런 아내를 나는 감당하기 힘들다는 이유로 쉬 포기하고 마는 것이다. 특별 새벽 기도회가 있는 기간이면 알람 시계를 맞춰두고 교회를 찾던 아내였다. 그렇게 열심히 기도를 하면 로또 복권이라도 당첨되느냐며 너스레를 떨곤 했다. 단정하게 성경책을 옆구리에

낀 아내는 우리 가족만 건강하면 그뿐이라고 더 바라는 것이 없다며 찬 공기를 가르며 집을 나섰었다. 자신을 헌신하며 살았던 아내의 삶이 아무런 보상도 받지 못하고 쉬이 허물어져버렸다.

자동차 안에서 번개탄을 피우는 것이 가장 효과적일 것 같다. 수면제를 과다 복용하면 순식간에 깊은 잠에 빠져들 것이고, 해롱해롱 잠에 취한 사이에 쉬는 들숨과 날숨이 비교적 편안하게 사망에 이르도록 이끌 것이다. 하지만 아내를 승용차에 태우기까지가 문제였다. 휠체어를 싣고 가기 위해서는 대형차를 호출해야 하는데 그러면 비밀리에 일을 치를 수가 없게 된다. 죄의 대가를 치러야 한다고 해도 일이 성공적으로 마무리된 후, 처벌을 받아야 한다. 끊임없이 죽음을 요청하고 있는 아내라 하더라도 막상 목전에 죽음을 앞두면 다시금 살고 싶어질지 모른다.

아파트 옥상에 올라가 단번에 밀어버리는 것은 어떨까. 하지만 옥상까지는 엘리베이터가 연결되어 있지 않고, 계단으로 이동하는 것은 불가능해 보인다. 그리고 산산이 몸이 부서진 아내를 무심하게 내려다볼 자신도 없다. 아내의 뒷모습을 보고 독한 마음을 먹을 수도 없을 듯싶다. 아내의 앙상한 뒷모습에 나는 아내가 환자라는 사실을 잊고 엉엉 울어버릴지도 모른다. 정작 아내를 편안하게 죽여버릴 방법은 없는 것일까.

조력 자살이 법으로 허용된 스위스에서는 자살 캡슐이 있다. 캡

슐 모양의 기계에 들어가 버튼 하나만 누르면 액체 질소가 충만해지고, 산소 농도가 5% 정도까지 급격히 저하되어 1분 정도면 죽음을 맞게 된다. 안락의자에 잠깐 누워 있는 동안 다른 세상 사람이 되는 것이다. 허나, 불치병으로 고통받는 사람과 노인들만이 대상자가 되며, 정신설문지에도 응해야 한다. 죽고자 하는 사람들에게 환영받는 캡슐이다.

이미 우리나라에서도 두 명이 조력 자살을 위해 스위스를 찾았다. 병석에 계신 아버지가 너무 고통스러워하셔서 비행기 티켓을 끊었다는 아들은 담담히 답했다. 결코, 후회하지 않습니다. 너무 고통스러워하셨고 존엄한 죽음을 맞기를 바라셨으니까요. 아버지의 인생은 아버지의 것이니까요. 아버지의 마지막 선택을 존중해 드리고 싶었습니다.

사는 것이 어렵다고들 하지만 죽는 것도 사는 것만큼이나 힘들다. 게다가 남을 죽이는 것은 더더욱 고통스럽고 힘든 결정이다. 아내 스스로 목을 매달고 죽어주면 얼마나 좋을까. 하지만 목을 매는 순간, 아내는 살점을 도려내는 아픔에 처참한 몰골로 죽게 되겠지. 정작 죽여달라고 외치는 아내는 어떤 방법으로 생을 마감시켜야 옳은지 알려주지 않았다.

어쩌면 아내의 진심은 살고 싶은 것일지 모른다. 죽음의 순간, 사랑하는 딸아이의 얼굴이 그려질 것이고, 부모님의 모습이 떠올라 얼마나 가슴 아프겠는가. 그래서 아내는 차마 죽지 못하고 오늘 하루를 넘겼을지 모른다.

2절

아내의 마음은 찢기워지고 바라보는 사람들도 모두 괴롭다 한즉 환장할
일이로다 정녕 아내를 위로할 방법은 없고 살길을 도모하기도 어려운
형국이니 이는 기도할 수밖에 없음이라 마음을 경결히 하여 기도에 힘쓰는
것만이 네 유일한 살길이라 하되

30
다시, 100병동

죽어만 가던 뱀

어린 시절, 유난히 잔병이 잦았던
아버지는 툭하면 뱀을 잡아 술을 담갔다. 뒷산에서 살모사를 잡았
다고 호들갑을 떨던 아버지는 뱀술을 담겠다며 잔뜩 흥분해 있었
다. 흥분한 아버지의 양 볼이 붉게 물들어 있었다. 태어날 때 어미
의 배를 찢고 나오는 살모사는 어미의 고귀한 희생을 생각해서라
도 잡히지 않고 오래 살아야 했다. 애석하게 아버지의 손에 붙들린
살모사는 제 수명을 다하지 못하고 죽을 위기에 처했다. 커다란 술
병을 내려 쓱쓱 닦는 아버지의 누리끼리한 얼굴이 퍽 잔인하게 보
였다. 뱀을 잡아 술을 담근 아버지는 술통에 갇혀 서서히 죽어가는
생명을 향해 쩝쩝 입맛을 다셨다. 누리끼리한 아버지의 얼굴은 기
름이 내려앉아 번들댔다. 독한 소주에 몸이 잠긴 살모사는 쉽게 목

숨줄을 놓지 않았다. 녀석이 담겨 있는 유리통을 툭툭 건드리자 눈을 희번덕거리며 소리 나는 쪽을 건너다봤다. 아직 죽지 않고 살아 있었다. 소스라치게 놀랐다.

순간 밖에 나가서 놓아주고 싶은 충동이 일었다. 살모사 아닌가. 엄마의 희생을 생각해서라도 녀석을 구해주고 싶었다. 하지만 귀한 뱀술이 없어진 걸 알면 아버지는 나를 닦달할 것이 뻔했다. 나는 수시로 녀석의 생사를 확인하고자 뱀이 담긴 유리병을 툭툭 건드리곤 했다. 혓바닥을 길게 늘어뜨린 꼴이 더는 가망이 없어 보였다. 미안한 마음에 나는 아버지가 꼭 조여놓은 유리병의 코르크 마개를 느슨하게 풀어주었다. 숨쉬기가 조금은 편안해졌는지 뱀의 눈이 조금은 또렷해진 듯 여겨졌다. 나의 눈에만 그렇게 보였을 수도 있지만, 나는 차츰 뱀이 정신을 차리고 있다고 믿었다. 그래야 조금이나마 마음이 편안해졌기 때문이다. 죽어가는 뱀을 보는 것은 매우 불편한 일이었다.

아버지, 뱀이 혀를 날름거렸어요. 아직 죽지 않고 살아 있다고요. 아버지는 가만히 고개를 저으며 말했다. 약해빠진 놈. 아버지, 뱀이 아직도 살아서 눈을 꿈벅꿈벅대고 있어요. 제가 분명히 보았어요. 진짜예요. 아직도 숨이 붙어 있다고요. 밖에 나가 술을 쏟아버리면 살 수 있을지도 몰라요. 거의 매일 애원하듯 말했지만, 아버지의 답은 한결같았다. 저리 약해빠져서 무엇에 쓸꼬. 살아 있는 뱀이 무섭다면 가까이 가서 보지 말거라. 어머니께서도 나를 타일렀지만 나는 이상하게도 죽어가는 뱀이 자꾸만 보고 싶었다. 죽었는지 살았는지 매일매일 확인하고 싶었다. 죽을 만큼 고통스러운 뱀이 오롯이 고통을 감내하고 그래도 살아 있어주기를 바라며 날마다 뱀을 눈으로 확인하던 나날이었다. 아버지가 무서워서 술을 쏟을 용기도 없는 소심한 아이. 뱀을 살려주고 싶은 마음은 있으나 어머니께 야단맞는 것보다 생명에 대한 소망이 결코, 크지 않았던 추억 속의 작은 꼬마가 어쩐지 가엾다.

죽어만 가는 뱀을 보고 와선 어미 살모사 대신 아기 살모사를 위해 기도했다. 극적으로 유리병 속을 빠져나가는 멋진 꿈에 대해 신께 아뢰며 부디 다음 날 아침에는 죽어 있기 바랐다.

하나님, 부디 아기 살모사를 데리고 가주세요. 술병에 담긴 뱀이 너무도 가엾습니다. 제가 몰래 풀어줄 수 있다면 더 좋을 것 같아요. 저에게 생명을 살릴 용기를 주세요. 두서없는 기도였지만 오래오래 기도를 하고 예배당을 나서면 왠지 마음이 푼푼했다. 어린 시절에 나는 교회에 가는 걸 퍽 좋아했다.

훗날 교회에서 성경 공부를 하며 우리에게 원죄를 준 뱀에 대해 학습했다. 나는 처음으로 살모사의 죽음에서 자유로워지는 기분이었다. 선악과를 먹으라고 꼬여내지 않았더라면 인간의 원죄도 없었을 것이다. 뱀술이 되어 죽을 수밖에 없던 살모사의 운명도 자신의 조상들이 저지른 잘못 때문이라는 생각이 들자 나는 이내 마음이 편해졌다.

못된 뱀아, 네가 유혹하지 않았더라면 좋았잖아. 모두 너의 탓이야. 성경 공부를 하던 도중, 나는 혼자 작은 소리로 중얼거렸다. 뱀의 죽음에서 놓여나는 홀가분함을 잊을 수가 없다.

하지만 나는 내게 불행한 일이 일어날 때마다 죽지 않고 살아 있던 뱀의 눈동자가 자꾸만 떠올랐다. 아내의 병명을 진단받았을 때도 나는 살기를 번뜩이며 죽지 않고 살아 있었던 뱀의 눈동자가 대번에 생각났다. 유리병을 건너다보며 유일하게 자신을 살려줄 수 있으리라 여겼던 뱀은 서서히 독한 술에 취해 죽어가면서 나를 얼마나 원망했을까. 뱀은 그후로도 오래도록 진한 술을 견디며 살아 있었다. 종일 눈을 꼭 감고 있다가도 유리병을 툭툭 건드리면 슬쩍 부스스 눈을 떴다. 헤어날 수 없는 고통 속에 놓인 뱀을 보며 나는 하루라도 빨리 뱀이 죽는 것이 낫다는 판단이 들었고, 느슨하게 풀어놓았던 코르크 마개를 힘주어 꼭 닫아버렸다. 그렇게 삼 일을 버틴 독한 뱀은 끝내 죽어버렸다. 죽어버리는 것이, 생에 대해 집착하지 않는 것이 유일하게 뱀의 살길이었다. 실눈을 뜨며 나를 바라보는 뱀을 향해 베풀 수 있는 최소한의 자비는 마개에 공기가 유입되지 않도록 꼭 틀어막는 일이었다.

단말마 같은 비명이 들렸다. 침대에서 자세를 바꾸던 아내가 모서리에 팔이 살짝 스친 것이다. 통증을 견딘 아내의 입술은 새파랗게 질려 있었다. 황급한 마음에 아내의 겨드랑이로 손을 넣으려다 나는 정신을 차리고 아내 스스로 일을 해결할 수 있도록 지켜만 본다. 어느 부위의 통증이 극심한지 가늠할 수 없는 나는 되도록 아내를 돕지 않는 것이 통증을 덜어주는 일이라는 걸 결코 잊어서는 안 된다. 평상시 아내는 자기 관리가 철저한 여자였다. 조금이라도 살이 찌는 것 같으면 등산을 했고, 동네 공원을 쉴 새 없이 빙빙 돌았다. 병이 들면 자신이 고생하는 것은 둘째 치고 가족이 힘들다는 말을 입버릇처럼 하면서 하나뿐인 외동딸 세영이를 위해서라도 건강하게 사는 것이 아이를 위해 해야 할 도리라고 여겼다. 병든 몸을 의지하는 것만큼 염치없는 일은 없다며 건강이 최고라는 말을 입에 달고 살았다. 하지만, 지금 제 몸 하나 가누지 못해 쩔쩔매면서 식은땀을 줄줄 흘리고 있는 아내를 보니 만감이 교차한다. 왜 아내의 소박한 욕심들은 이루어지지 않고 아내를 곤경에 빠뜨렸을까.

간밤에 불쾌한 꿈을 꾸었다. 아프다고 소리치는 아내를 도로 한복판으로 질질 끌고 가서 내동댕이치는 기분 나쁜 꿈이었다. 하지만 꿈속에서 나는 아내를 패대기치듯 던지면서 어떤 쾌감을 맛보았다. 지긋지긋한 일상에서 벗어난 벅찬 해방감이 느껴지는 꿈이었다. 사랑했던 아내를 차갑고 위험한 도로에 던지면서 희열을 맛

본 나를 과연 사람이라고 할 수 있을까? 남편이라고 할 수 있을까? 아내는 어두컴컴한 도로 위에서 5톤 트럭에 깔려 그 자리에서 죽어 버렸다. 아내는 비명조차 내지르지 못하고 홍건하게 붉은 피만 남긴 채 죽었고, 나는 즉사한 아내를 향해 어떤 안도의 한숨을 내쉬며 천천히 핏빛 사고 현장을 향해 걸어가던 도중 꿈에서 깼다. 불쌍한 아내를 향해 동정심을 가지기보다 어떻게 죽일지만 생각하는 스스로에게 소름이 돋았다. 이런 일상이 반복되다 보면 자기 혐오에 빠져 허우적거릴 것만 같다.

아내는 이런 내 마음에 서글퍼할 틈도 없게 만들었다, 시도 때도 없이 아프다며 점점 더 사나운 짐승이 되어갔다. 더 이상 아내는 손톱과 발톱을 자르지 않겠다고 말했다. 살점이 떨어져 나가는 듯, 극한 고통 때문에 더는 손발톱을 손질하지 않겠다고 선언하듯 말했다. 이미 두껍게 자란 아내의 손톱을 보며 나는 짧게 한숨을 쉬었다. 다듬어지지 않은 손톱에는 무좀균이 자라 아내의 얇았던 손톱은 단단하고 두꺼워져 있었다. 예전 아내의 손가락은 얼마나 길고 예뻤던가. 새하얀 아내의 손을 잡기 위해 가슴이 두근대던 때가 있었다. 아내에게는 자신의 어여뻤던 과거를 회상하는 일조차 사치인 듯 보였다. 아무 생각도 없이 멍하니 앉아 있는 날이 많아졌고, 총기가 사라진 아내의 눈에는 종종 눈물이 맺혀 있었다.

복합 부위 통증 증후군을 앓고 있는 사람들의 특징은 추위를 많이 탄다는 것인데 유난히 더웠던 여름날에도 아내는 두 겹의 수면 바지를 입고 세 켤레의 수면 양말을 벗지 않았다. 땀을 흘리면서도 아내는 추위를 호소했다. 비상식적인 모습은 타인의 눈에 우스꽝스럽게 비춰졌다. 삐질삐질 지저분하게 땀을 흘리면서도 오들오들 떨고 있는 몸을 보니 끝끝내 고칠 수 없는 지옥 같은 병이란 생각이 들었다. 뉴스에서 비행기 추락 사고로 탑승자 전원이 사망했다는 속보를 자막으로 보여주자, 아내는 부러운 듯 말했다. 한 방에 죽어서 정말 좋겠다. 비행기에 탄 사람 모두가 죽었으니 저승길도 외롭지 않을 거 아니야. 저 비행기를 내가 탔어야 하는데 말이지……. 비행기를 타고 가다가 죽으면, 사망보험금도 많이 나올 거 아냐. 건강할 때 비행기라도 자주 타볼걸 그랬어……. 한 방에 죽을 수 있었는데 말이지. 나는 참 운이 없는 사람이야……. 마음속으로 아내의 말에 동의하고 있었다. 아내가 죽을 수 없다면 차라리 내가 죽고 싶은 심정이었다.

아내를 고통 없이 죽일 수 있는 방법이 뭐가 있을까. 독약을 구해볼까. 목 넘김이 나쁘지 않은 독약이 있다면 단번에 아내를 처리해줄 수 있을 것 같다. 그날도 아내는 밤에 잠들지 못하고 끙끙 앓았다. 나는 조심스럽게 인터넷 창을 열어 독약에 대해 검색해보았다. 잔인한 일을 아무렇지도 않게 실행에 옮기고 있는 내가 잔혹하게 여겨졌다. 이제는 정말로 아내를 처리해줄 수 있을 것도 같았다.

동물 마취제를 투여해 사람이 죽었다는 기사를 캡처해두었다. 우선 약국에서도 쉽게 구할 수 있다는 것이 퍽 매력적이었다. 전자담배의 판매가 시작되면서 니코틴 원액도 구하는 방법이 수월해졌고 니코틴 중독으로 사망한 기사도 올라와 있었다. 아내가 죽으면 받게 되는 사망보험금을 노리고 범죄를 일으킨 무정한 죄인은 최대한 얼굴을 가린 채, 죽은 아내에게 정말 미안하다는 마지막 말만을 되뇌었다고 한다. 정말로, 미안했을까. 그의 푹 숙인 고개를 말없이 들여다보며 나는 끝내 살인자를 향한 의구심을 거두지 않았다.

3절

뱀 또한 억울하기는 마찬가지라 왜 나를 유혹하는 자로 만들어 내게 이런 시련을 주시는지 알 수 없는 바 부르짖어 가로되 어찌하여 나를 이토록 나쁘고 영악하게 만들어 이런 시련을 주시니이까 나를 용서치 않음으로 인해 내 마음이 심히 괴롭나이다 외치고 기억 속의 뱀새끼는 징글맞게 자꾸만 자라는지라

38
다시, 100병동

외면

딸랑딸랑, 아내는 힘겹게 종을 울려 댔다. 더는 참을 수 없는 고통을 호소한 것이다. 종소리의 의미는 어서 방으로 와서 도와달라는 뜻이다. 말도 할 수 없을 만큼 아프다는 뜻이다. 하지만 나는 이불을 푹 뒤집어쓰고 귀를 막아버렸다. 딸랑딸랑, 또 한 번의 종소리가 들려왔지만 나는 아내에게 가지 않았다. 그녀의 고통에 동참해 함께 아파해줄 수 없다면 차라리 보고 싶지 않은 것이 솔직한 나의 마음이었다. 아내는 두어 번 힘없이 딸랑딸랑 신호를 보냈다. 세영이가 떠난 후, 집에는 아내와 나만 남아 있다. 오직 나를 향한 소리임을 분명하게 알고 있으면서도 나는 아내의 부름에 응하지 않았다. 딸아이가 있었더라면 아내의 방에 달려가 악다구니 쓰는 아내를 멀거니 바라보며 나를 호출했을 것이다. 아내는 지금쯤 기숙사로 가버린 딸아이의 빈자리를 실감하며 더욱 서러울지 모른다.

다음 날, 아내의 얼굴을 띵띵 부어 있었다. 극심한 통증을 이를 악물고 참아낸 아내는 더듬대며 말했다. 일부러…… 오지…… 않은 거 알고…… 있어. 아내는 여느 때와는 달리 제법 또렷하게 힘주어 말했다. 이미 알고 있는 아내를 향해 어떤 변명도 하지 않았다. 아내는 더욱 힘주어 말을 이었다. 여보……, 나 이제…… 보내줘. 그렇게…… 해…… 주라. 여느 때와는 달리 제법 똑 부러지는 말 한마디를 뱉고는 이내 숨이 찬지 가슴을 움켜잡는 아내를 향해 나는 최대한 감정을 싣지 않고 차갑게 말했다. 나도 여러 가지 방법을 알아보고 있는 중이야. 비정한 말을 뱉은 후, 아내의 표정을 확인하지는 않았다. 슬픔이 가득 찬 얼굴을 차마 볼 수 없었기 때문이다. 독한 말을 서슴지 않는 나를 향해 아내는 어떤 마음이 들까. 가족을 위해 헌신하고 달갑게 희생하며 살았던 삶을 후회하고 있을지도 모른다.

아내의 표정을 확인하지 않고 방문을 닫아버렸다. 나는 장롱을 열어 처박혀 있는 형편없이 구겨진 양복을 입고, 냄새나는 양말을 꿰어 신었다. 여러 날 감지 않은 머리칼에서는 쉰내가 펄펄 풍겼다. 처음에는 나를 애처롭게 생각하던 회사 동료들도 이제는 은근히 나와 대화를 피하며 오래 말을 섞지 않았다. 그네들을 향해 아

다시, 100병동

쉽게 병원비 얘기를 한 적도 없고 밥값을 내달라 요청한 적도 없지만 궁핍한 내 주머니 사정은 사람들과 멀어지게 만들었다. 나는 직장 동료와도 공감할 만한 이야깃거리들을 잃어가고 있었다. 누군가와 편안하게 대화를 할 시간이 없었기 때문이다. 투자가치가 높은 지역이 어디인지, 요즘 오르는 주식 시세나 입방아 찧기 좋은 정치 스캔들도 아는 바가 전혀 없다. 요즘 재미있는 드라마도 모르고, 인기 연예인이 누군지조차 알지 못한다. 내가 자신 있게 알아가고 있는 건 복합 부위 통증 증후군이 얼마나 고통스러운지, 처절하게 사람을 앓게 하는지가 전부다.

갈기갈기 찢어서 모조리 죽여 없애버리고 싶어. 화면 가득 팜오일 농장에서 6년간 갇혀 남자들의 성매매 대상이 되었던 포니를 보며 아내는 거침없이 말했다. 오랑우탄 포니는 변태적인 남자들의 성매매 대상으로 착취되어, 덕지덕지 화장을 하고 주렁주렁 귀걸이를 걸어야 했다. 조금이라도 털이 자라면 박박 털을 밀고 진한 향수를 뿌려야 했으며 남성들을 만족시킬 만한 성행위 동작도 부지런히 익혀야 했다. 지능이 높은 포니에게는 견딜 수 없는 시간이었을 것이다. 감옥보다 더한 농장에 갇혀 살았던 포니의 가엾은 사연이 세상에 알려지며 동물구조단체에 의해 구조될 수 있었다. 하지만 끔찍한 기억은 포니의 기억 속에 잔인하게 눌어붙어서 도움을 주는 손길조차 완강히 거부하게 만들었다. 포니는 끼니를 챙겨 먹는 것에 강한 거부감을 표했으며 구조가 된 후에도 별반 살고 싶어 하지 않았다. 삶의 모든 희망을 놓아버릴 만큼 처참한 기억이었던 탓이다. 영특한 포니의 기억에 사람들 모두가 잔인하고 무서운 악마 같은 존재였을 것이다. 먹지 않아도 되는 자유가 주어지자 포니는 식음을 전폐하고 간절히 죽기를 바랐다.

결국, 포니는 깡마른 몸으로 생을 연명하다 동물구조단체의 거듭된 탄원으로 안락사 처리가 결정되었다. 차라리 다행스러운 결과인지도 모른다. 포니의 기억 속에서 악랄한 인간들은 여전히 포니의 성기를 주무르고 젖꼭지를 잡아당기며 끊임없이 희롱하고 있을 테니까. 아내는 감정이 실리지 않은 섬뜩한 어조로 말했다. 저런 새끼들은 모조리 다 죽여버려야 돼. 그리고 포니도 죽어야 해. 그건 살아도 사는 게 아니니까. 산다는 건 그런 게 아니니까. 죽어야만 잊을 수 있는 잔인한 기억이니까. 포니도 이번 생에 집착하지 않고 떠나는 게 옳아. 컨디션이 좋은 아내는 더듬대지 않고 오래간만에 또박또박 말을 뱉었다.

아내가 포니의 삶을 불행이라 단언하고 결정지을 수 있었던 것처럼, 나도 어느 틈엔가 아내의 생을 불행이라 칭하며, 살아도 사는 게 아니라는 생각을 하고 있다. 아내의 입장이 되어 생각해봐도 아내 또한 살고 싶지 않을 것 같다. 발이 달렸으되 두 발로 서지 못하고 가고 싶은 곳으로 걸음도 딛지 못하고 밥숟가락조차 들어 올

다시, 100병동

리지 못하는 몸뚱이로, 살고자 꾸역꾸역 밥을 먹을 때 아내는 분명 자괴감에 빠져들 것이다. 넉넉지 않은 살림살이가 약값을 감당하지 못해 기울고 있고 사랑하는 남편과 자식도 자신의 마음을 몰라준다는 생각이 들 때, 아내는 사무치는 외로움을 맛보았으리라. 그간 누렸던 소박한 시간들이 매 순간 기쁨이었다는 것을 아내는 너무 잔인한 방법으로 식구들에게 가르치고 있다. 더는 친척들도 찾아오지 않았고 불우한 우리의 형편을 외면할 수 없는 친지들은 딸아이의 통장에 약간의 위로금을 입금해주며 양심을 지켜나갔다.

아내가 왼팔이나 오른쪽 다리처럼 신체의 구체적인 곳을 지목해 아픔을 호소했다면 차라리 나는 아내의 왼팔과 오른다리를 잘라내주었을 것이다. 이성을 잃고 몸서리치는 통증을 마주하는 아내를 보면 팔 하나쯤 없는 것이 나아 보인다. 하지만 녹록지 않은 복합부위 통증 증후군은 불쑥 어디가 아플지 모르는 병이다. 늘 온몸을 바들바들 떨며 긴장을 하고 있어야 하며 되도록 통증에 노출되지 않도록 철저하게 대비하는 수밖에는 별다른 방도가 없다. 똑똑한 포니는 안락사가 되는 걸 알고 있는 눈치였다고 한다. 죽음을 앞둔 포니를 향해 미안함을 표현하는 사람들의 눈동자를 빤히 들여다보며 그 어느 때보다 편안한 표정으로 사람들과 작별 인사를 나누었다고 들었다. 아내 또한 가족과 이별하는 마지막 순간엔 고통 없는 편안한 얼굴일지 모른다. 포니는 자신의 결정에 분명 만족했을 것이다. 버거운 생의 고리를 끊고 영원한 안식으로 돌아간 포니는 진정한 행복을 죽음을 통해 마주했을 것이다.

드르륵─ 딸아이에게 문자가 왔다. ─아빠, 방학인데 우리 같이 임종 체험을 해볼까? 임종이라는 글자에 가슴팍이 서늘해졌다. 아내의 죽음을 떠올리다 마주한 임종이란 활자는 가슴에 박혔다. 딸아이의 두 번째 문자가 전송되었다. ─가는 데는 순서가 없다고 하잖아. 유언장도 쓰고 입관도 해보는 거라는데 아픈 엄마를 이해하는 데도 도움이 될 것 같아. 아빠랑 나도 죽어봐야 매일매일 죽음을 앞둔 엄마를 새롭게 볼 수 있을 것 같아. 이제 막 고1이 된 딸아이의 어른스러운 문자에 목이 콱 메었다. 갑작스러운 가족의 불행 앞에서 딸아이는 너무 일찍 철이 들어버렸다. 다시 내가 아내를, 그녀의 아픔을 헤아릴 수 있는 시간이 올까. 하필이면 임종 체험일 게 뭐람.

딸아이는 체험 신청서를 한글 파일로 전송했고, 자신의 인적 사항을 빠짐없이 모두 기록해 넣은 것으로 보아 결심을 굳힌 듯했다. 딸아이와 임종 체험을 하는 동안 나는 장모님을 호출해야 한다. 잠깐 외출한 사이에 큰일이 날 수도 있으므로 늘 집 안에는 사람이 머물러야 한다. 아내는 칫솔질을 말끔하게 하지 못해 이빨 사이사이 덕지덕지 치석이 끼었다. 게다가 마약성 진통제가 첨가된 막대사탕을 늘 오물거리고 있어 치아 사이도 많이 벌어져버렸다. 오늘 하루도 고단했는지 침대 위에서 침을 질질 흘리며 고꾸라져 잠을 자고 있다. 사탕을 입에서 빼주고 싶지만 작은 움직임에도 예민하게 반응하는 아내를 생각하며 내버려둔다. 잠드는 일이 쉽지 않은 아내에게 오히려 통증을 잊고 있는 지금이 가장 편안한 시간일지 모른다. 아내는 어쩔 수 없이 스스로의 고통을 자신의 몫으로 받아들이며 감내해야 한다. 신혼 시절, 회사에서 늦어져 아내가 깜빡 잠이라도 들어 있으면 개구쟁이처럼 아내를 깨워대던 나였다. 잠깐이라도 얼굴을 보고 대화를 나누고 싶어서 잠든 아내를 기어이 깨우곤 했었다.

고해성사하듯 아내는 말했다. 초등학교 때였는데 살아 있는 병아리를 땅에 묻어버린 적이 있어. 병든 병아리가 시름시름 앓고 있었는데 집에 놀러 온 친구들이 그러는 거야. 얘는 곧 죽을 거라고. 원래 병들어서 살 가망이 없는 약한 병아리를 데려다 못된 장사꾼들이 파는 거라며, 자기들은 그래서 병아리가 갖고 싶었지만 사지 않았다고 하더라고. 그 순간 나는 병아리의 아픔을 빨리 끝내줘야 한다고 생각했어. 내 눈에도 병아리는 살 가망이 없어 보였거든. 땅을 파서 병아리를 묻고, 아차 싶어서 다시 무덤을 팠어. 아직 이름도 얻지 못한 샛노란 병아리가 아직은 숨을 쉬고 살아 있었어. 나는 다시 병아리를 땅에 묻었어. 그리고 다음 날, 다시 가서 무덤을 팠어. 병아리는 죽어 있었지. 나는 다시 묻어주지 않았어. 도둑고

양이가 물어가 버리라고 풀밭 어딘가에 휙 던져놓았지. 살면서 내내 나는 그 일이 마음에 걸려. 나는 원래 타고난 본성이 악한 아이였던 걸까? 병아리는 가쁜 숨을 몰아쉬면서 나를 원망했을까. 아니면 힘든 삶을 끝내준 내게 고마워했을까? 나는 어떤 이유로 병아리의 작은 무덤을 다시금 파헤쳤던 걸까. 그런데 말이야. 나는 병아리가 죽고 난 후에 삐약이라고 이름을 붙여줬어. 삐약삐약 우는 소리가 기억이 나서 말이야. 그래도 샛노란 병아리가 세상을 살다 갔다는 어떤 증거가 남아야 할 것 같아서 내 마음속으로 붙여준 이름이야. 삐약이가 살아 있을 때는 한 번도 불러주지 못한 이름이지만, 가슴에서는 참 많이 불러본 이름이야.

만약 아내가 딸아이와 임종 체험을 할 수 있다면 관에 눕는 순간 병아리의 파닥거리는 노란 날갯짓이 가장 먼저 떠오르지 않을까. 아내는 똑똑하고 야무진 학생이었을 것이다. 그런 아내에게 친구들의 비아냥거림은 분명 귀에 거슬리는 것이었고 자신을 난처하게 만든 병아리를 처단함으로써 잘못된 선택을 만회하려 한 건 아닐까. 이 또한 알 수 없는 아내의 마음이다. 아내를 잘 알고 있다고 생각했지만 자리에 누운 아내의 모습이 생소할 때가 얼마나 많은지 모른다. 별다른 어려움 없이 조용히 늙어갈 수 있을 거라 생각했지만, 우리의 순탄하지 않은 인생길은 그렁대는 눈물만이 남았다.

뼈를 슬라이스하는 느낌의 고통이라고 표현했고, 하루에 한 번

손끝에서부터 살이 타들어 가듯 아프다고 했다. 대상이 없는 누군가로부터 하루하루 고문을 당하는 기분으로 산다고 말했다. 통증의 강도를 비교적 상세히 설명하길 원하는 의사 앞에서 아내는 두껍게 자란 손톱을 보이며 손톱조차 잘라낼 수 없을 만큼 아프다고 말했다. 의사는 환자의 아픔에 공감하는 듯 고개를 끄덕였지만, 그 어떤 누구도 아내의 죽음을 맞닥뜨린 통증을 가늠할 수 없을 것이다. 고대 중국에서는 중대한 죄를 지은 사람에게 발바닥부터 포를 뜨듯 살점을 발라내는 벌을 내렸다고 한다. 사람의 장기가 상체에 몰려 있어서 포를 뜨는 괴로움을 오롯이 겪으면서도 쉬 목숨은 끊어지지 않아 숨이 떨어질 때까지 잘 드는 칼로 발바닥부터 베어냈다고 전해진다. 그 끔찍한 이야기를 들으면서도 나는 무덤덤했다. 아내의 고통을 지켜보면서 나는 늘 손끝에 칼을 쥐고 사는 기분이 들었다.

간병 살인, 남의 일로만 생각했다. 뇌졸중으로 쓰러진 어머니를 간병하던 아들이 살인을 저지르고, 뇌병변에 걸린 딸아이를 목 졸라 살해한 어머니의 심정을 조금씩 헤아리려고 있는 중이다. 복합 장애 1급을 판정받은 아들을 죽인 아버지는 말기 암 환자였다는 신문기사를 보고 눈물을 펑펑 쏟았다. 산소호흡기에 의지해 있는 아들의 호흡기를 제거하며 어미는 통곡했다. 병원에 누워 있는 자식만 자식이 아니라서, 산 자식 놈도 자식이라서 어쩔 수 없었다고.

병원에 있는 아들의 치료비를 감당하기 위해 남은 자식들이 고생하는 모습을 더는 지켜볼 수 없었겠지. 나는, 조금씩 간병 살인을 꿈꾸고 있다. 누구도 말기 암 아버지를 욕할 수는 없다. 그를 향해 돌을 던질 수 없다. 아니, 돌을 던져선 안 된다.

4절

간병 살인에 대한 마음은 이러하니라 아내의 삶은 정상이 아니요 계속 아프기만 할 것이니 피차 그것을 보는 마음이 괴로울 뿐이니 어찌 살인을 생각지 아니하리요 말씀에 따라 순종하며 사는 아내였지만 이 순간은 버려질 뿐이니이다 아내 또한 버려지는 이유를 알지 못하니 쭉정이가 이와 같을까

48
다시, 100병동

임종 체험

늘 가까이 죽음이 있는 삶을 살기는 하나, 살아 있는 순간 골똘히 죽음을 떠올리기란 얼마나 힘든 일인가. 딸아이는 멀리서 내 모습을 알아보고는 손을 번쩍 들어 아는 체를 한다. 선서하듯 가만히 손을 드는 아이들은 소심한 성향의 아이들이고 번쩍 손을 올리는 아이들은 매사 적극적인 편에 속한다. 엄마의 병치레를 지켜보면서도 기죽지 않고 생활하는 아이에게 그저 감사할 뿐이다. 아이는 방긋 웃으며 자연스레 팔짱을 낀다. 살이 스치기만 해도 자지러지는 아내 덕분에 누군가와 스스럼없이 팔짱을 낀 지도 오래되었던 터라 적잖이 어색했다. 아빠 죽으러 가니, 기분이 어때? 딸아이는 소풍을 가듯 즐거워 보인다. 나 또한 집을 떠나니 한결 마음이 편안하고, 아내 없는 딸아이와의 둘만의 시간이 너무 좋았다. 장모님이 떠올랐다. 지금쯤 아내 곁에서 피눈물을 쏟고 계실 것이다. 대신 아파주지도 못하고 앓는 자식을 보는 부모의 마음은 얼마나 쓰라릴까? 나는 모든 상황을 부정하듯 눈을 꽉 감았다. 오늘 하루만이라도 마음 편하게 딸아이와 다정한 시간을 보내고 싶다. 이왕 집을 나선 이상 아내의 생각을 떨쳐버리고 싶었다.

요즘의 솔직한 심정으로는, 눈 딱 감고 죽고 싶다. 내 생활이라고는 누릴 수 없는 감옥 같은 집에서 조금의 차도도 없는 아내의 병수발을 들며, 하루에도 수십 번씩 죽음을 요청하는 아내 곁을 내가 죽어서 떠나고 싶은 것이 솔직한 심정이다. 톡톡 유리병을 두드리면 자신의 생존을 알리듯 생기 없는 눈을 들어 나를 바라보던 어린 살모사가 생각났다. 녀석은 나의 얼굴을 똑똑히 기억해두었다가 이렇듯 하늘에서 나를 벌하고 있는가. 짐짓 차분한 음성으로 딸아이에게 답했다. 아빠 죽으면 네가 너무 서럽게 울 것 같아서 안 죽고 싶은걸~ 딸아이는 나를 향해 베시시 웃어주었다. 부녀 사이에 죽음이란 단어가 너무도 익숙해져버렸다. 우리는 프로그램의 순서대로 각자 조용한 방에 들어가 작은 초에 불을 켰다. 자신을 불태워 환한 빛을 남긴 양초는 고요하게 타들어 갔고 나는 언젠가 아내와 함께했던 캠프파이어가 떠올라 마음이 씁쓸해졌다.

나와 딸아이는 조금 떨어진 방에 자리를 잡았다. 유언장을 쓰는 일이니까 혼자만의 독립적인 시간을 가지고 싶었다. 자욱하게 어둠이 깔린 작은 방에서 밝은 촛불 하나를 들고 있으니 쓸쓸함이 몰려왔다. 문득 딸아이는 어떤 마음으로 편지지 앞에 앉아 있는지 궁금했다. 유언장을 적는 시간이었다. 내겐 버젓하게 남길 재산도 남아 있지 않았고, 인생의 철학을 전할 만큼 사유가 깊은 아버지도 되지 못했다. 멍하니 백지를 들여다보며 어떤 이야기를 나의 자녀에게, 이 세상에 남길지 진지하게 고민해보았다. 이미 병원비로 탕진해버린 집과 담보가 설정되어 있는 자동차가 떠올랐고, 상환 이자가 높은 줄 알면서도 쓸 수밖에 없었던 캐피털의 할부 원금이 생각나자 편안하게 죽을 수도 없는 처지라는 생각이 들었다.

지금 당장 죽는다면 가엾은 아내는 어떻게 될까. 아내에게로 생각이 미치자 꾹 참고 있는 눈물이 툭 떨어졌다. 혼자 죽지 않고 아내를 데려가는 것이 마지막 의리라는 생각이 들었다. 훌쩍 저세상으로 떠나버리는 것은 아내와의 의리를 지키지 않는 것과 다름없다. 혼자서는 무엇도 해결할 수 없는 그녀를 데리고 세상을 하직해야 한다. 이렇게 둘이 가야 하는 상황이라면 자식을 하나 더 낳아 딸아이에게 형제라도 만들어주었어야 했다. 뒤늦은 후회가 밀려왔다. 허나, 딸아이 하나도 제대로 건사하지 못하는 판국이 아닌가. 둘이 아닌 것이 오히려 다행일지도 모른다. 한번 눈물이 맺히자 굵은 눈물방울은 편지지 위로 하염없이 떨어졌다.

아이의 이름을 또박또박 크게 적었다. 세영이. 홀로 남겨질 아이의 이름을 적는 것만으로도 가슴이 아렸다. 가장답게 몇 푼 되지 않는 예금과 보험에 대해 상세히 적었고, 물려받을 수 있는 문중의 땅이 있으니 큰아버지의 도움을 받으라고 썼다. 아빠가 죽거든 화장을 해달라고 적었고, 납골당은 시에서 운영하는 것이 있으니 거기에 안치해달라고 적었다. 저렴한 비용에 관리받을 수 있으니 장례비는 너무 걱정하지 말라고 썼다. 죽어서도 아빠는 항상 너의 곁에 있는 것이니 외로워하지 말라고 적었다. 세영이의 눈에 글썽글썽 눈물이 맺히는 상상만으로도 서러움이 북받쳤다. 영혼의 무게가 21그램이라는 연구결과를 본 적이 있다. 숨을 거둔 순간, 꼭 21그램의 몸무게 변화가 있더라는 논문을 보면서 21그램의 무게로라도 딸 세영이의 곁에 남고 싶다는 소망을 품었었다. 가벼운 영혼의 무게로라도 아이의 곁에 남아 함께하고 싶었다. 그 말을 적을까 하다가 관뒀다. 죽은 사람이 산 사람의 곁에 계속 남아 있다는 것이 어쩐지 달갑지만은 않을 것 같았다.

아내는 세영이를 낳고 산후 우울증에 시달렸다. 다정도 지나치면 병이라고, 깊은 자식 사랑에 우울증이 생긴 것이다. 세영이가 너무 사랑스러워서 슬프다고 했다. 아이의 맑고 고운 눈을 보고 있으면 끝끝내 자식과 동행하는 삶을 살고 싶은데 그럴 수가 없는 것이 너무도 안타깝다며 아이에게 삶만을 선물한 것이 아니고 죽음까지 안겨준 것이 너무 미안해서 아이와 눈 맞춤을 할 수 없다며 한숨을 쉬었다. 그런 궤변이 어디 있느냐고 사는 동안 아껴주며 한없이 사랑해주면 된다고 아내를 다독였지만, 아내의 한숨은 쉬 잦아들지 않았다. 결국, 신경정신과를 다니며 수시로 상담을 하고 심리 치료를 받으며 차츰 우울증을 극복할 수 있었다. 그런 정이 넘치는 아내가 왜 하필 복합 부위 통증 증후군이란 불치병을 앓게 된 것일까. 신도 무심하다는 생각이 든다. 아내는 하나님을 얼마나 사랑했던가. 교회 예배는 물론, 크고 작은 행사에도 열심이었다. 유치부 교사를 자청하기도 했고, 성가대로 활동하며 찬송을 멈추지 않던 아내였다. 아내가 꽃꽂이를 배운 것도 순전히 교회 봉사를 위해서였다. 강단마다 아내의 멋진 꽃꽂이로 얼마나 향기로웠던가. 눈이 펑펑 내린 날도 전도지를 돌리러 나갔던 아내였다. 하지만 결정적인 순간, 신은 아내를 시험에 들게 했다. 병을 얻은 지금도 아내는 변함없는 마음으로 하나님을 섬길 수 있을까?

아내가 아픈 후, 나는 교회에 나가 기도를 했다. 막다른 골목에 서자 신의 보살핌이 너무도 절실했다. 아픈 아내를 위한 눈물의 기도를 들어주실 것이라 생각했다. 하지만 신은 나의 기도를 외면했고 아내의 상태는 점점 더 나빠져갔다. 주님이 아내를 위해 계획하신 일이 있다면 마지막이라도 편안한 죽음을 달라고 간청했지만, 아내는 죽을 만큼 매일매일 아플 뿐, 겨우겨우 목숨은 부지하고 있었다. 이 얼마나 잔인한 처사인가. 어느 날부턴가 나는 더 이상 신을 향해 무엇인가를 간구하지 않았다. 신을 향한 나의 배신은 정당한 것이었다. 그는 한 번도 내 절절한 기도에 응답한 적 없으므로. 귀를 닫은 신은 거친 욕을 하는 내게 어떤 벌도 내리지 않았다. 의지할 곳 없는 약한 아내는 마지막 순간까지 교회에 가고자 희망했지만 몸을 가눌 수 없게 되면서 예배를 드리는 것이 아무 의미가 없다는 걸 깨달았다. 예배를 보던 도중 비명을 질러대는 자신의 모습을 생각하면 도저히 나갈 수 없었을 것이다. 교회에서 심방 팀을 꾸려 종종 아내를 찾아 손을 잡고 기도해주었다. 그들이 다녀간 후, 아내의 표정은 조금 밝아졌지만 이내 통증에 신음해야 했다.

교회 십자가를 바라보며 읊조렸다. 아내가 아프도록 내버려두지 마시라고. 처절한 아픔을 모른 척 외면하실 거면 차라리 그 좋고 행복하다는 당신 나라로 데려가 달라고. 아내의 고통을 바라보면서 내가 할 수 있는 기도란 이렇듯 치졸한 것이었다. 아내 대신 병을 앓을 수 있을까. 생각해보았지만, 도저히 고개가 끄덕여지지 않았다.

밖에서 딸아이의 음성이 들린다. 뽀샤시하고 예쁘게 찍어주세요! 영정 사진을 찍으면서 뽀샤시를 외쳐대는 아이의 귀여운 애교에 피식 웃음이 났다. 서둘러 유언장을 마무리하고 양복 안주머니에 넣었다. 현금으로 첫 월급봉투를 받고 안주머니를 다독다독했던 것처럼 유언장을 넣은 왼편 가슴을 두어 번 다독여 잘 챙겨 넣었다. 첫 급여봉투를 받고 아내에게 줄 생각에 얼마나 가슴이 설레었던가. 조금 다른 감정이기는 하지만 유언장을 딸아이에게 줄 생각을 하니 뿌듯한 마음이 앞섰다. 죽음에 대한 준비 없이 사고사로 죽은 경우도 얼마나 허다한가. 차분하게 나의 인생을 돌아보고 남겨진 자의 몫에 대해 고민해보고 사후의 일에 대해 생각해보는 시간이 나쁘지 않았다. 죽음이란 단어는 꺼림칙하고 피하고 싶은 것이 되어서는 안 된다. 당당히 마주할 수 있어야 하고 한 번쯤은 투명하게 바라볼 수 있어야 한다. 딸과 나는 다정하게 죽음을 준비하고 있다. 우리는 영정 사진이 담길 액자를 골랐다. 딸아이는 무거운 갈색 톤을 택했고 나는 검정의 두꺼운 틀을 선택했다. 딸아이는 활짝 웃으며 자신을 찾아올 조문객들에게 건강한 웃음을 남겼다. 너무 어린아이의 영정 사진은 특유의 밝음만으로도 가슴을 저릿저릿하게 만들었다.

그제야 나는 아내의 영정 사진을 미리 찍어두지 않은 것을 후회했다. 지금은 복합 부위 통증 증후군이란 몹쓸 병에 걸려서 의자에 똑바로 앉기조차 어렵다. 처음 살아보는 인생은 날마다 서툴다. 서툴지 않게 인생을 잘 사는 사람들은 정말 대단하다. 이런 프로그램을 계획하고 시도하는 사람들도 얼마나 앞서가는 사람들인가. 죽음에 대해 환기해보는 시간을 가짐으로써 남은 생을 더욱 알차

게 꾸려 갈 수 있게 되었다. 최근 신문기사를 보니 호주에서는 죽음 교육을 도입했다고 한다. 국어, 영어, 수학을 배우고 죽음을 배운다. 주요 과목보다 인생을 살아가는 데 꼭 필요한 교육이 죽음과 관련한 것이라 여기기 때문이다. 죽음 교육 중의 하나에 영정 사진 찍기가 있었다. 미리 영정 사진을 찍은 살아 있는 사람들은 마음가짐부터 달라진다. 애석하게도 아내에게는 이제 이런 기회조차 남아 있지 않다.

요즘은 미리 영정 사진을 찍어두면 장수한다고 해서 장수 사진으로 불린다. 그 말을 들으며 장수 사진을 미리 마련했더라면 아내가 아프지 않았을까? 하는 생각이 들었다. 아픈 아내는 외면하고 싶은 존재이기는 하나 머릿속에 늘 함께하는 사람이다. 병든 것도 서러운데 가족으로부터 보호받지 못하고, 자신조차 죽음을 요청하며 살아야 하는 참으로 불쌍한 사람이다. 마음 깊은 곳에서는 아내의 운명이 이렇듯 가혹할 수 있을까 연민의 마음이 크다. 하지만 이런 나의 마음도 맹수처럼 변해 공격성을 보이는 아내 앞에서는 모두 스러지고 마는 감정들이다. 아내를 위해 대신 아파줄 수 있을 것만 같았던 사랑도 이내 시들해지지 않았는가. 치졸한 사랑이다. 옛날 양반집에서는 장례를 치를 때에 행렬의 앞에 서서 큰 소리로 곡을 해주던 계집종이 있었다. 곡비라 불리던 계집종은 되도록 큰 소리로 꺼이꺼이 곡을 해서 가문의 위세를 슬픔의 무게로 알리는 역할을 맡았다. 만약 아내가 생의 끈을 놓아버린다면 나는 곡비를 구해야만 한다. 홀가분한 마음에 울지 않을 것 같다. 대단한 가문의 위세까지는 아니더라도 누군가 곡을 해줄 사람은 필요하지 않은가. 이런 생각을 하는 내가 소름 끼치도록 싫지만 나도 나를 어쩔 수가 없다.

사진을 찍기 위해 허리를 쭉 펴고 반듯하게 앉았다. 사진기사는 좀 더 입꼬리에 미소를 머금어보라고 주문했지만 사진 찍는 것 자체가 어색한 나는 얼굴 근육이 경직되는 걸 느낄 수 있었다. 딸아이의 돌잔치 사진을 찍던 날이 생각났다. 유난히 무뚝뚝하고 애교가 없던 딸아이는 돌 사진을 찍는 날에도 잘 웃지 않았다. 이미 스튜디오에서 준비한 여러 벌의 의상을 갈아입으며 잔뜩 짜증이 나 있었고, 소리 나는 장난감이나 악기에도 이미 흥미를 잃은 표정이었다. 편안하게 낮잠을 자야 하는 시간에 계속되는 강행군 촬영에 아이는 끝내 울음을 터뜨리고 말았다. 낯선 환경에서 오래 참았던 아이의 울음은 쉬 사그라들지 않았다.

아내는 딸아이가 길게 울지 않도록 예쁘장한 얼굴을 망가트리기 시작했다. 돼지코를 하고 꿀꿀 괴상한 소리를 내고, 자신의 이마를 빨개지도록 찰싹찰싹 때리며 아이 앞에서 재롱 아닌 재롱을 떨었다. 처음 보는 엄마의 망가진 얼굴이 재밌는지 아이는 까르르 웃음을 터뜨렸다. 웃음을 머금은 딸아이의 돌 사진을 얻기 위해 아내는 개그우먼처럼 최선을 다했다. 인화된 돌 사진은 정말 예뻤다. 환한 웃음만큼 근사한 배경이 또 있을까. 사진사 앞에서도 아랑곳하지 않고 마구 주책을 부려가며 사진을 찍은 덕에 우리는 만족스러운 세영이의 돌 사진을 얻을 수 있었다. 아내는 그렇게 진짜 엄마가 되어가며 소소한 행복에 만족해하던 여자였다.

그날을 생각하자 슬며시 미소가 지어졌다. 흐뭇한 마음이 들었다. 내 마음이 이내 우울해지기 전에 사진사는 찰나를 잘 포착하여 인자해 보이는 영정 사진을 찍어주었다. 기술자는 기술자네! 나는 영정 사진을 마주하며 혼잣말을 중얼거렸다. 마지막으로 나를 찾아와 인사하는 사람들에게 제법 근사한 미소를 건넬 수 있게 되었다. 나의 영정 사진 앞에서 문상객들은 살아생전의 나를 추억하며 나에 대한 많은 이야기를 나눌 것이다. 21그램의 영혼이 남아 두런두런대는 조문객의 이야기를 엿들었을 때 부디 좋은 말만 들려왔으면 좋겠다. 아내의 아픔을 외면하려 했던 비겁한 남편이라는 소리만은 절대 듣고 싶지 않다.

하이라이트라고 할 수 있는 관에 누워보는 시간이 되었다. 오동나무 관이 마련되어 있었다. 내가 저곳으로 들어간다고 생각하니 헤어져야 할 얼굴들이 하나씩 그려졌다. 가장 먼저 딸아이가 생각났다. 이 험난한 세상에 홀로 남겨두는 것이 미안했다. 연로한 장인이 그려졌고 아내의 얼굴과, 우리의 행복했던 시간이 두서없이 스치듯 지나갔다. 주인이 죽으면 반려견이 꼬리치며 저승 문 앞에서도 마중해준다는데 똘똘이는 서운한 마음을 풀고 가족들을 마중하러 나와 있을까. 문득 궁금하기도 했다. 이승에서의 삶을 마치고 저승에 간다고 생각하니 마음이 헛헛했다. 아이가 태어났을 때, 오래전 장만한 야산에 오동나무 묘목을 심었다. 그 나무가 무럭무럭 자라나 아이의 혼수품을 만들어줄 것이라며 아내와 나는 마주 보고 웃었었다. 아내가 아프지 않을 때는 종종 산을 찾아 나무가 얼마나 자랐는지 들여다보고는 했었다. 아픈 아내와 함께 소멸해버린 일상의 풍경들이 너무도 많다.

　나와 딸아이는 동시에 관에 들어갔다. 들어가기 전에 우리는 눈을 맞추고 짧게 인사를 나눴다. 일부러 느릿하게 관에 누웠다. 도저히 서둘러지지 않았다. 반듯하게 드러눕자 관이 쾅 소리를 내며 닫혔다. 깜깜한 어둠이 밀려왔다. 좁은 관에 갇혀 어둠 속에 놓이자 비로소 나는 자유로워졌다. 더는 책임져야 할 딸아이도 없고 지긋지긋하게 간병해야 할 아내도 없다. 봉양해야 할 부모도 존재하지 않았고, 세상의 모든 시선과 억압에서도 풀려났다. 하지만 이내 나는 좁은 관 속에서 비적비적 울기 시작했다. 서러웠고, 외로웠다. 쓸쓸하고, 고독했다. 관 속에서 나는 자유롭게 한참을 울었다. 모순적이게도 관이 빨리 열려 누군가 나를 다독이며 위로해주었으면 싶었고, 다른 한편으로는 영원히 열리지 않아 이대로 울다 지쳐 영원히 잠들어버려도 좋겠다는 이상야릇한 두 마음을 품었다. 영원을 바라는 영혼이 되어 진짜 자유를 탐하고도 싶었다.

딸아이의 귀에 익은 음성이 들렸다. 아빠, 그만 울고 이제 나와요. 똑똑. 똑똑. 아이는 내가 스스로 관 뚜껑을 열고 나올 수 있도록 기다려주고 있다. 힘겹게 문을 밀고 나오니 눈이 벌겋게 충혈된 아이가 내려다보고 있었다. 다시 살아서 아이의 눈부처가 될 수 있다는 것이 감사해 주르륵 눈물이 흘렀다. 순간이지만, 생과 사의 길목에 서본 우리는 서로가 그렇게 반가울 수가 없었다. 나는 딸아이를 와락 끌어안았다. 사춘기 이후에는 살을 맞대고 끌어안기가 조심스러워 품에 꼭 안아보지도 못했던 딸아이였다. 아이도 나를 밀쳐내지 않고 오래도록 품에 꼭 안겨 있었다. 끌어안을 존재가 있다는 것만으로도 나는 살아갈 힘을 얻을 수 있었다.

아내는 얼마나 불쌍한 존재가 되었는가. 어떤 기억도 우리와 공유할 수 없게 되었고 사사로운 추억을 되새기는 시간조차 아내에게는 사치가 되었다. 언제 벼락처럼 찾아들지 모르는 극심한 통증 앞에서 아내는 발발 떨며 하루하루를 살아내고 있다. 쓰지 않는 아내의 근육들은 점점 딱딱하게 굳어가고 있고 흉물스럽게 변해가는 아내의 몸뚱이를 보며 나는 그녀의 삶의 질을 운운하며 간병 살인을 생각하지 않았던가. 아내에 대한 안타까운 연민에 눈물이 솟구쳤다. 이런 내 심정을 딸아이는 헤아릴 수 있다는 듯 작은 손으로 내 등을 토닥토닥 두드려주었다. 철든 딸아이의 위로가 참으로 고마웠다.

다시 산 사람이 된 우리는 임종 체험실을 빠져나왔다. 새 생명을 얻은 듯, 먹먹했던 마음에 푼푼한 용기가 생겼다. 처음 아내의 병명을 들었을 때, 결코 포기하지 않고 끝까지 함께 하겠다는 굳은 약속을 떠올렸다. 그리고 여린 그녀를 마지막까지 책임지리라 굳게 다짐했다. 덤으로 주어진 생 같았다. 딸아이와 함께 식사를 하며, 임종 체험에 대한 대화를 나누었다. 엄마를 이해하고 싶어서 임종 체험을 신청했다는 딸아이는 끔찍한 죽음이 늘 가까이 있는 엄마가 참으로 애처롭다고 표현했다. 끈끈한 가족의 사랑으로 우리는 다시 일어서야만 한다. 세영이를 학교 기숙사에 바래다주고 나는 서둘러 아픈 아내가 기다리는 집으로 향했다. 아내에게 향하는 발걸음이 예전보다 훨씬 가벼워졌다.

5절

그나마 딸이 있어 생을 유지하니 그때를 보시고 용기를 주사 부디 나를 버리지 마옵시고 딸이 어미의 가르침을 잊지 않고 기억하니 그나마 위안이 되는지라 마음에 기쁨이 솟구친 적이 언제였는지 까마득하기만 한지라

100병동에 입원

포괄간호병동이 오픈했다. 보호자가 없어도 되는 병동이 동네에 새롭게 오픈한 것이다. 어차피 아내와 통증의 긴 싸움은 누군가의 도움이 필요했고, 좀 더 일을 많이 해서 돈을 벌어 의료비를 지원하는 방식으로 간병 체제를 바꾸어야 했다. 이곳은 호스피스 병동과도 연계되어 있어서 말기 암 환자나 불치병을 진단받은 경우는 치료를 중단하고 사는 동안 편안하게 머무를 수 있는 병동을 함께 운영 중인 곳이다. 자꾸 아내를 죽여주고 싶은 나는, 그런 생각을 하지 않도록 아내와 최소한으로 마주치는 방식을 택한 것이다.

아내의 고통 앞에서도 비인간적이게 귀를 틀어막고 무반응으로 일관했던 나는 임종 체험을 한 후, 아내의 혹독한 고통에 동참하리라 굳게 마음먹었다. 아내는 병원비 걱정을 하면서도 툭하면 응급실로 달려오지 않아도 되는 상황을 편안하게 생각하는 듯싶었다. 심리적으로 병원은 아내에게 편안함을 주는 장소였다. 치료비 걱정을 하면서도 떠나고 싶지 않은 눈치였다. 늘상 마약성 진통제에 젖어 사는 아내의 눈빛은 희미하게 총기를 잃어가고 있었다. 부디 아내의 병이 조금이라도 차도가 있기를 바랄 뿐이다. 아내도 약해진 근력을 키우기 위해 재활도 열심히 하고 누워서 시간을 죽이기보다는 움직여보려고 노력하겠다고 약속했다.

아내도 차츰 마약성 진통제를 줄여보겠노라 말했다. 허나 믿기 힘든 다짐이다. 통증과 직면하는 순간, 아내는 도움을 요청할 것이고, 가장 효과가 빠른 것이 바로 막대사탕처럼 빨아 먹는 마약류 진통제인 것이다. 100병동에는 많은 사람이 모여 있다. 여러 의료진이 포진해 있었고 실력 있는 의사를 믿고 온 수많은 환자가 차례를 기다리며 대기 중이었다. 병자에게 의사처럼 신적인 존재가 또 있을까. 100병동에서 의사는, 신과 동등한 위치에서 근엄한 권력을 누리고 있었다. 모두 의사에게 애원하며 말을 한다. 제발 저를 좀 살려주세요.

아내를 위해 나는 대리운전 기사로 등록을 했다. 낮에는 회사 일을 하고 잠을 줄여가면서 대리운전을 해야 아내의 병원비를 감당할 수 있을 것이다. 딸아이의 고등학교 학비도 생각해야 했다. 지금 여력으로는 부모님의 용돈은 생각조차 할 수 없다. 나이 든 노인네의 생계를 뒷전으로 미루며 중국 당나라 시인인 백낙천의 시가 생각이 났다. 늙은 제비 한 쌍을 보며 지은 시조 한 수였다. 제 배가 고픈 설움을 참아가며 입에 문 것은 새끼들을 먼저 먹이며 길렀으나 날개에 힘이 생기자 저희 좋을 대로 날아가버리고 야위고 늙은 어버이 제비 한 쌍만 소슬한 추녀 끝에 앉았다는 내용의 시이다. 주머니 사정이 궁핍하자 나는 늙은 어버이 제비보다는 훗날 저 좋을 대로 날아가버릴 딸아이 걱정만이 앞섰다. 늙은 어버이는 국가에서 지원해주는 노령연금에 의지하여 별 탈 없이 살아주시길 바랄 뿐이다.

대리운전 업체에 등록을 하고 지정한 앱을 깔았다. 아내가 마약성 진통제라도 돈 걱정 하지 않고 처방받을 수 있도록 열심히 뛰어야 한다. 매일 위태로운 죽음의 경계에 선 아내를 위해 오롯이 가장의 무게를 감내할 것이다. 병을 앓는 사람이 아내가 아닌 나였다면 어땠을까? 곰곰이 생각해보았다. 아마도 아내는 나를 포기하지 않았을 것이다. 나처럼 매정하게 귀를 틀어막지 않았을 아내이다. 입장을 바꿔 생각해보니 나의 행동들이 아내에게 얼마나 상처를 주었는지 알게 되었다. 딸랑딸랑 종을 흔들면 단걸음에 방문을 열고 나를 살폈을 아내이다. 지금까지 보여준 아내의 사랑은 그것을 확신할 수 있도록 만들어준다.

아빠, 학교에서 안락사에 대해, 찬성 혹은 반대 의견으로 나누어 토론을 했어. 처음에는 나도 찬성을 했거든…… 그런데 다시 반대하기로 했어. 왜냐면 죽음을 요청하는 시점에, 환자의 마음이 온전하게 진심인지 아닌지 알 수 없잖아. 우리 엄마도 말이야. 매일매일 죽여달라고 하지만 그건 어쩌면 살고 싶은 외침일지도 모른다는 생각이 들었어. 내 눈을 빤히 바라보며 내뱉는 딸아이의 성숙한 대답에 마음이 뭉클했다. 아이의 마음은 나보다 훌쩍 더 자라버려서 이제는 내가 딸아이의 말에 답을 얻고, 의미를 찾는다. 아픈 만큼 성숙한다는 오래된 유행가의 한 구절처럼 엄마의 처절한 병을 오롯이 지켜보면서 아이는 어른으로 자라버렸다. 또래 아이들과 다르게 의젓하게 자라주는 딸아이가 고마우면서도 한편으로는 안타깝다.

언제 저렇게 근사하게 성장했나 싶었고 아픈 어미를 바라보는 속 내가 오죽했을까 싶어 눈물이 핑 돌았다. 아내의 죽음에 대한 요청도 나이 많은 노인네들이 얼른 죽어야지, 죽어야 자식들 짐을 덜지라고 입버릇처럼 하는 말과 같은 것일까. 지금의 나는 아내의 진심을 헤아릴 여력조차 없다. 우리 집에는 늘 찬송가가 흘렀다. 하지만 아내도 더는 성가를 듣지 않는다. 감사한 마음으로 노래를 할 수 없기 때문이다. 아내는 늘 부르던 찬송가를 입에 담지 않고 시도 때도 없이 오직 죽음만을 노래하며 나를 곤란하게 만든다. 죽여

다시, 100병동

쥐, 죽여줘, 제발 죽여달란 말이야. 되풀이되는 아내의 요청이 나를 더욱 지치게 만든다.

아내는 첫 콜을 받기도 전에 마약성 막대사탕과 주사제를 처방받았다. 불쑥불쑥 예고 없이 찾아오는 생살을 찢는 아픔은 아내를 염치도 모르는 여자로 만들고 있다. 마약성 진통제를 주렁주렁 매달고 아내는 또다시 맑아진 정신으로 다시금 뻔뻔스럽게 죽음을 요청할 것이다. 막대사탕을 쭉쭉 빨면서 도통 진심인지 아닌지 알 수 없는 말을 뱉을 것이다. 여보, 제발 이제는 나를 보내줘. 죽여달란 말이야. 내 마지막 부탁이야. 나를 편안하게 죽여줬을 좋겠어. 나도 더 이상은 찬송가도 복음성가도 듣지 않는다. 오로지 애원하듯 죽음만을 요청하는 아내는 나를 자꾸 악마로 만든다. 착한 마음을 품고자 거듭 다짐을 하다가도 차라리 다 죽고 없었으면 하는 마음이 생기도록 만든다.

6절

그래도 사랑으로 이겨내자 마음 먹고 아내를 심히 걱정하였더라 아내
또한 마음을 정비하여 내게 이르되 이제는 삶을 좀 더 버텨보마 다짐하듯
말하였고 그 말을 들은 딸아이는 심히 기뻐 웃음을 머금었더라

첫 콜을 받다

술 취한 사람들이 많은 번화가에서 대기하는 것이 일을 잡기 수월하다고 들었다. 나는 대리운전 기사 선배의 조언대로 첫 콜을 받기 위해 은행 인출기 앞에서 일없이 서 있었다. 한가하게 카페에서 사람을 기다릴 처지도 아니고 궁상스럽게 편의점에 앉아 있기는 더더욱 싫었다. 화면으로 첫 콜이 떴다. 이만 원짜리 콜이었고 강남역에서 천호동까지 이동하는 코스였다. 나는 발 빠르게 뛰어 대리기사를 호출한 장소로 이동했고, 그곳에서는 젊은 여자가 나를 기다리고 있었다. 살짝 걸음을 비틀거리기는 했지만, 정신은 말짱해 보였다.

혀는 꼬여 똑똑한 발음을 못 했지만 인사불성 만취한 상태는 아니었다. 짧은 스커트에 한껏 멋을 부린 여자는 기분 좋은 모임 뒤라 그런지 얼굴이 밝아 보였다. 그는 야무지게 대리 금액을 확인하고 도착 후 현금 지급을 약속했다. 대리운전비도 카드 결제가 많아져서 운이 좋아야 현금을 받는다고 하는데 첫 게시치고는 나쁘지 않은 거래였다. 여자는 뒷자리에 앉아 가만히 눈을 감았고, 나는 운전석에 앉아 최대한 조심스럽게 운전을 했다. 방지턱을 넘을 때도 완전하게 속도를 줄여 잠에서 깨지 않도록 조심했다.

아저씨는 뭐 하시는 분이세요? 젊은 여자의 질문이었다. 잠든 줄 알았는데 눈만 감고 있었던 모양이다. 보통 대리운전하시는 분들은 투잡이 많다고 들어서요. 여자도 처음 보는 낯선 남자와 어색해서 말을 건넨 것이리라. 내가 무슨 일을 하는 것이 궁금할 것 같지는 않았다. 집에 아픈 식구가 있어서 회사도 다니고 밤에는 대리운전도 합니다. 오늘이 첫날이에요. 생각보다 병원비가 많이 들어서 대리기사 일을 시작했어요. 솔직할 필요도 없지만, 딱히 떠오르는 거짓말도 없어 내 사정을 담백하게 이야기했다. 젊은 여자는 괜한 질문을 던진 듯, 어머 힘드시겠네요. 제가 너무 생각 없이 질문을 했나 봐요, 라며 살짝 당황해했다. 그리고 이내 침묵이 이어졌다. 여자는 다시는 쓸데없는 질문 따위는 하지 않았고 편안하게 잘 도착했다며 이만 오천 원을 건네주었다. 술에 취해서 금액을 잘못 알고 있는 줄 알고 다시 오천 원을 돌려주었더니, 열심히 사시는 모습에 조금이라도 돕고 싶었다며 작은 성의니 받아달라는 말을 남

다시, 100병동

기고는 엘리베이터 입구 쪽으로 총총히 사라졌다.

젊은 여자의 작은 성의는 내게 많은 것을 생각하게 만들었다. 그녀의 작은 마음 씀씀이가 고마웠다. 넓은 지하 주차장이라 한참을 걸어 나와야 했는데 어두컴컴한 주차장을 걸으면서도 그저 마음이 훈훈했다. 왜 나는 형편이 넉넉할 때 주변의 이웃을 돌아보지 않았는지 반성하는 마음도 들었고, 이렇게 좋은 사연이 있는 날도 전화한 통 할 곳이 없다는 것이 못내 서운하기도 했다. 좋은 일이 있을때면 늘 아내에게 먼저 전화를 걸었다. 나의 기쁜 일에 누구보다 행복해하던 아내가 아니었던가. 아내의 수더분하고 밝은 목소리는 행복감을 안겨주었고, 아내의 달뜬 목소리가 좋아 나는 수시로 아내에게 전화를 걸곤 했다. 하지만 늘 병상에 누워 있는 아내에게 전화를 걸 수는 없다. 잠이 드는 걸 늘 힘들어하는 아내가 아닌가. 곤한 잠에 빠져 있는 아내를 공연히 깨워서는 안 된다. 통화가 된다고 하더라도 예전과 사정은 많이 달라져서 아내의 기운찬 음성은 기대할 수조차 없다.

한참 걷다 생각해보니 젊은 여자에게 고마운 마음도 제대로 전달하지 못한 것 같아 핸드폰을 켜고 문장을 쓰다 그냥 지웠다. 그러는 사이, 두 번째 콜이 들어왔다. 아내가 아닌 누군가가 나를 이렇게 부지런히 찾아주는 시간이 차라리 즐거웠다. 마주 보고 앉아서 병간호만 하는 것보다 훨씬 효율적인 선택이었다. 간병인보다

첫 콜을 받다

는 내 손으로 아내를 돌보는 것이 나을 것 같아서, 그 누구에게도 사랑하는 아내를 온전히 맡길 수는 없어서 아내 옆에 남기를 자처했으나 긴 병에 효자 없다는 말처럼 나는 오래도록, 진심을 담아 아내를 건사할 수는 없었다. 한결같을 거라 믿었던 나의 마음도 쉬 돌아서지 않았던가.

열심히 돈을 벌어 아내의 치료비를 부족함 없이 충당하리라 마음먹었다. 천호역에서 경기도 구리로 넘어가는 손님인데 시외 구간 요금이 적용되어 이만 오천 원에 콜을 받았다. 구리까지는 지하철도 잘 연결되어 있어서 나는 주저하지 않고 두 번째 손님을 맞이하기 위해 바지런히 뛰었다. 아픈 아내와 떨어져 있으면서 생기를 찾는 내 모습에 피식 웃음이 났다. 사랑이라는 감정은 얼마나 편협하고 얄팍한가. 거나하게 취한 오십 대 남성이 나를 기다리고 있었다. 좋은 외제차를 몰게 되어 부담스러웠지만 차분한 운전 솜씨로 취객을 집까지 잘 모셔다 드렸다. 전혀 예상하지 않았던 좁은 골목길에서 음주운전 단속을 하자 그는 돈 쓴 보람이 있는지 기분 좋은 표정을 숨기지 못했다. 일전에 음주운전으로 벌금 오백을 납부한 적이 있다며 칼만 들지 않았지 나라 것들은 다 사기꾼이라고 목에 힘주어 말했다. 도착지에서 그는 내게 삼만 원을 쥐여주고 돌아가는 길에 커피라도 사 마시라며 휘청휘청 뒤돌아 갔다. 대리운전을 하는 넉넉하지 않은 사정을 이해하고 조금이라도 도움을 주고 싶어 하는 마음씨 좋은 손님들 덕분에 조금이나마 힘이 나는 하루였다.

　두 번째 일을 끝내고 두어 시간이 지났지만 새로운 일은 들어오지 않았다. 아내에게 돌아가 보호자용 침대에서 잠을 청하고 곧바로 회사에 출근해야 할 것 같다. 다른 업체에 소속된 대리운전 기사와 길거리에서 어묵을 사 먹고 종이컵으로 두어 번 국물을 떠먹었다. 대충 허기가 달래지는 듯싶었다. 아픈 아내의 얼굴을 생각하니 짠한 마음이 들었다. 유난히도 길거리 음식을 좋아하던 소박한 사람이었다. 가벼운 주머니 사정을 걱정하지 않아도 될 만큼 우리 둘의 데이트는 얼마나 단출했던가. 속 깊은 아내에 대한 회상은 이내 나를 초라하게 만들었다. 값싼 음식을 먹더라도 가족이 함께하면 슬프지 않다. 초라한 밥상에 나 홀로 앉을 때면 신세는 처량해진다. 왜 아내는 치유될 수 없는, 병에 걸리고 만 것일까. 처음 아내가 앓기 시작했을 때, 나는 주님을 향해 간절한 마음으로 기도했다. 아내가 주님을 향해 품었던 사랑을 부디 기억하시어, 치유의 은사를 내려달라고 간청했다. 하지만 내 기도는 아직도 들어주지 않으신다. 아내의 증상은 점점 나빠질 뿐이다. 사람들은 대체 응답받지도 못하는 기도를 왜 하는지 이유를 알 수가 없다.

　언젠가 복합 부위 통증 증후군을 앓고 있는 환우들과 한자리에 모인 적이 있었다. 나이가 팔십을 바라보는 아버지가 환자를 케어

하고 계셨는데 통증에 졸도하는 일이 잦은 아들을 위해 늘 정성껏 쥐술을 담근다고 하시며 효과가 제일 좋다고 자부하셨다. 더는 나빠지지 않고 있다며 자신의 눈에는 차츰 나아지는 것이 보인다고, 느껴진다고 근거 없이 큰소리를 쳤다. 병원에서 처방해주는 여러 종류의 약들도 쥐술을 따라올 수는 없다고, 새끼 쥐로 담근 술이 최고라며 늘 갓 낳은 쥐를 얻기 위해 시골집을 드나든다고 했다. 쥐를 얻기 위해 일부러 쥐가 좋아할 만한 음식 찌꺼기를 남겨둔단다. 양껏 먹고 배가 불러온 쥐를 보면 마음이 흐뭇하다며 번식력이 강한 쥐는 새끼도 많이 낳는다고 징그럽게 웃었다. 위로 올라 붙은 눈꼬리가 탐욕스러워 보였다.

  눈도 뜨지 못하고 털도 나지 않은 새끼 쥐를 꼭 일곱 마리를 잡아 담가야 효험이 있다며 자식을 위해 못할 일이 무어냐며 제법 비장한 어투로 말을 뱉었다. 자식을 위해 잔인해진 아비는 말에 거리낌이 없었다. 최소 5년간은 숙성을 해야 약효가 있다며 자신이 죽고 난 후에는 쥐술을 구할 것이 더욱 염려되어 미리 새끼 쥐를 구해 부지런히 술을 담그고 있다고 하였다. 팔십을 바라보는 노인에게 나는 물었다. 새끼 쥐가 일곱 마리가 아니고 여덟 마리나 아홉 마리면요? 나머지 새끼 쥐들은 어떻게 되는 거죠? 어이없는 나의 질문에 노인은 흰 머리칼을 쓸며 답했다. 어쩌긴 그냥 버리는 거지. 사람 손을 탄 새끼는 어미도 안 보살피거든. 그냥 찬 바닥에 놓아두면 체온이 떨어져 죽는 거지 무어. 우리는 모두가 이다지도 절박했다. 아파 죽겠다며, 차라리 죽여달라고 악을 쓰는 가족들 앞에서 우리의 인간성과 도덕심은 점점 깔끔하게 소멸되어간다. 자신의 대답이 쟁글맞다고 생각된 노인은 궁시렁대듯 말했다. 내 자식이 아파 죽어가는데 못할 일이 무어람. 눈앞에서 자신이 죽어가는데 에비가 돼서 못할 일이 있다고 생각해? 암, 나는 더한 일도 할 수 있어. 손가락질하고 싶으면 하라고 해. 마음껏 욕하라고 해. 내 새끼를 위해 하는 일에 나는 겁날 것도 없는 사람이께. 안 그려? 내 말이 맞아, 안 맞아. 입이 있으면 대답들 좀 해봐.

대리운전을 해서 돈이 조금 모이면 쥐술을 살까. 그것이 정말 아내의 아픈 몸을 낫게 해준다면 못할 일이 무엇이랴. 35년 전 죽임을 당한 쥐들은 뼈가 노골노골 독한 술에 녹아내릴 때까지 유리병에 담겨 일곱 마리가 엉켜 뒹굴고 있다. 과학적으로도, 의학적으로도 전혀 납득이 가지 않는 쥐술에 대해 귀담아 들으며, 나 또한 아내의 고약한 병이 낫기만 한다면 무슨 짓이라도 할 수 있을 것만 같다. 대신 앓고 싶다는 생각을 했었다. 그래도 나는 건장한 남자니까 내가 아픈 편이 낫다는 생각에서였다. 하지만 걸음조차 딛지 못하고 무릎으로 기어 다니는 아내를 보면 대신 아플 수 있는 기회가 생긴다고 해도 내가 먼저 손사래 칠 것만 같다. 일어나지 않을 일에 대해 떵떵거리며 장담할 뿐이지, 저 잔혹한 고통을 온전히 내

것으로 받아들일 자신은 없다.

아내가 병원에 입원한 첫날, 첫 콜이 들어왔다. 아내가 많이 아파 보이니 신속하게 병원으로 와달라는 전갈이었다. 나는 대리운전을 해서 번 돈을 차마 택시비로 쓸 수 없어서 지하철역으로 숨 가쁘게 뛰었다. 어쩌면 아내가 위독하다는 전화는 평생 받아야 할 전화일지 모른다. 그 순간마다 서두르기 위해 차비를 허비하고 급하게 운전대를 잡는다면 아내의 치료비를 감당할 수 없다. 아내의 병간호가 길어지면서 나도 이것저것 따지고 계산할 수밖에 없는 처지가 되었다.

병원에 도착하니 환자용 의료 침대에서 떨어진 아내가 한 마리 짐승처럼 몸을 동그랗게 말고 있다. 살짝 스치기만 해도 바들바들 몸을 떠는 아내가 침대 위에서 떨어졌을 때는 얼마나 아팠을까. 익숙하지 않은 의료용 침대 위에서 버둥대다가 의도치 않게 리모컨 버튼이 눌려 침대가 접힌 모양이다. 신속하게 리모컨을 찾을 만큼 행동이 재빠르지 않은 아내는 비명을 질러대다가 몸이 접히자 그대로 바닥으로 굴러떨어진 모양이었다. 겉모습만 보아서는 어딘가 부러지거나 상처 난 곳이 없으니 스스로 침대 리모컨 하나 감당하지 못한다고 생각하지 않았을 것이다. 같은 병실의 사람들은 멀뚱멀뚱 아내의 행동을 그저 바라보기만 했고, 잠시 소변 통을 비우고 돌아온 병실 담당 간병인은 이미 벌어진 상황에 입을 떡 벌리고 발만 동동 굴렀다고 했다. 복합 부위 통증 증후군은 널리 알려진 병도 아니고, 증상에 대해서도 아는 사람은 극히 드물다. 일반인에게는 꾀병으로 더 많이 인식되어 있는, 참담하고 억울한 병! 병원에 입원한 첫날부터 아내의 고난은 시작되었다. 아내가 고통에서 놓여날 수 있는 방법은 죽음밖에는 없는 것일까. 첫 콜에 희망과 절망을 오간 고단한 하루였다.

나는 오늘 오래간만에 주기도문을 외웠다. 어렸을 때는 곧잘 외웠던 것도 같은데 잘 생각이 나지 않아 성경을 펴고 주기도문을 읊어보았다. 불현듯, 신이 나의 기도에 응답하지 않는 것은 제대로 된 기도를 하고 있지 않기 때문이라는 생각이 스쳤고, 그렇다면 올바른 기도를 해야만 신의 나의 음성에 귀를 기울여줄 거란 생각이 들었다.

7절

신께 기도하여 아뢰되 주여 나를 도우소서 나를 내치지 마소서 하니 너의 믿음이 작고 약하니 어찌할꼬 탄식하더라 이에 대답하기를 보소서 나의 작은 믿음을 보지 마시고 아내의 큰 믿음을 보소서 대들며 눈을 동그랗게 뜨고 이야기하니다.

아내의 심부름

아내가 바늘 쌈지를 좀 사다달라고 부탁했다. 무엇도 할 수 없는 아내의 심부름은 생경했다. 나는 짧게 전송된 아내의 문자가 얼마나 힘겨운 것인지를 잘 알고 있다. 자음과 모음을 한 자 한 자 눌러가며 어렵게 보낸 문자이리라. 음성인식은 아내의 작은 목소리를 인식하지 못해 재차 다시 말해달라고 성가시게만 굴었다. 좀 더 똑똑한 목소리를 낼 수 있다면 음성인식 기능이라도 편안하게 사용할 텐데, 편안함을 누리는 것은 아내에게 너무 사치스러운 일이 되었다.

회사 1층에 마련된 편의점에 들어가 바늘 쌈지를 사서 양복 주머니에 챙겨 넣었다. 아내의 무릎 상태는 어떤지 궁금했지만 어떤 검사를 시도하기에도 무리가 있다. 담당 주치의는 상황을 조금 더 지켜보다가 검사를 하는 쪽으로 하자며 바로 검사하는 것을 권하지 않았다. 살아 있는 사람이 불에 타서 죽는 고통을 숫자로 10이라 환산하면 복합 부위 통증 증후군의 아픔이 9점 정도 된다는 보고가 있다며, 힘들겠지만 환자 보호자가 용기를 잃지 말아야 한다고 힘 주어 말했다.

아내도 아프지 않은 지난날이 얼마나 그리울까. 자신의 의지대로 몸을 움직여 육아를 담당하고 살림을 꾸리던 돌이킬 수 없는 시간으로 가고 싶을 것이다. 타임머신이 개발된다면 아내는 분명 병이 찾아오기 전의 시간으로 돌아가고 싶겠지. 나와 딸아이도 예전의 시간이 간절하다. 대문을 열고 환한 미소를 머금던 아내가 침대 위만 차지하고 있게 되면서 집 안의 공기는 차가워졌다. 이리저리 옮겨 다니던 아내의 모습이 집 안에서 사라지자 집 안의 공기는 냉랭하게 변해버렸다.

언젠가 아내는 로또 복권에 당첨된다면 가장 먼저 내게 사표를 내라고 했다. 그리고 딸아이와 함께 세계여행을 다니며 살자고 말했다. 돈 걱정 없이 전 세계를 일주하는 멋진 꿈은 말만 해도 신이 난다며 달뜬 표정을 짓던 아내였다. 하지만 이제는 내 기억 속에서만 수줍게 웃는 아내이다.

현실에서 아내는 한이 많은 한 마리 짐승처럼 언제 돌변할지 모르는 모습으로 나를 바라보고 산다. 아내의 표정에는 내가 공감하

다시, 100병동

지 못하는 아픔이 늘 서려 있다. 그 억울한 심정을 어찌 짐작이나 할 수 있을까. 불현듯 찾아온 극심한 공포 앞에서 아내는 얼마나 더 많이 좌절해야 하는가. 아내를 살리고자 노력하는 것보다 어쩌면 편안하게 죽여주는 편이 나을지도 모른다. 하루에도 수백 번 마음속의 감정들이 교차하며 나를 버겁게 만든다.

내일은 목욕 봉사자가 오는 날인데 무사히 잘 씻을 수 있을지, 아내의 의지에 달려 있다고는 하지만 가늠할 수 없는 고통의 늪은 언제나 겁나고 두렵다. 아내의 기름진 머리카락을 감기며 봉사자는 눈을 찡그릴 것이다. 내게는 너무도 소중한 가족이지만 그들에게 똑같이 가족 같은 마음을 요구할 수는 없지 않은가. 아내를 향해 싫은 표정을 지어도 우리는 그들에게 신세를 질 수밖에 없는 처지다.

병실로 퇴근하는 나를 향해 아내는 옅은 미소를 지었다. 오래간만에 보는 힘없지만 유순한 아내의 모습이었다. 대리운전을 나가기 위해 가벼운 복장으로 옷을 갈아입었다. 팔을 드는 것이 많이 아팠는지 아내는 식사를 많이 남겼다. 아내가 남긴 병원 밥으로 간단하게 식사를 해결했다. 나가서 밥을 사 먹지 않으면 밥값은 아낄 수 있지 않은가. 아내에게 말없이 바늘 쌈지를 넘겼다. 아내는 기운 빠진 음성으로 겨우 고맙다는 말을 했다. 나는 오래간만에 당신의 심부름을 하니 기분이 좋았다고 진심 반, 농담 반의 대답을 했다. 우리의 대화는 점점 건조해지고 있다. 사사로운 일상을 공유하며 재잘대던 시간들이 사라지고 어색한 기류만이 고요히 감돌았다. 다녀올게. 잘 쉬고 있어. 아내는 말없이 고개를 끄덕였다.

나와 아내의 대화에 진심은 담기지 않는다. 늘 침대 위에서 쉬고 있는 아내를 향해 잘 쉬라는 말은 내가 들어도 별로 달갑지 않다. 대리운전을 위해 옷깃을 여미면서 나는 왜 아내에게 바늘이 필요한지 묻지 않은 것이 마음에 걸렸다. 병원복의 단추 따위가 떨어져 나갔을 것이다. 고통 속에 허우적거릴 때마다 옷의 단추가 떨어져 나가는 것은 흔하게 있는 일이었고, 환자복이니 기운이 있을 때 수선해두려고 바늘이 필요했을 것이다. 나는 혼자서 아내의 바늘 사용처를 정해버렸다. 일상의 소소한 일까지 수다스럽게 공유하며 유난히 사이가 좋다는 이야기를 종종 듣던 우리였지만, 이제는 필요한 말만 하는 사이가 되었다.

아내가 아프면서부터 우리 가족에게 특별한 기념일은 모두 사라졌다. 결혼기념일, 아내의 생일, 아이의 졸업식이나 입학식, 집안의 경사스러운 날에도 우리는 모두 참석할 수 없었고, 극심한 통증에 시달리는 아내가 언제 갑자기 아플지도 몰라서 식구들은 기념일을 챙기지 않게 되었다. 한 번 아프면 버둥거리면서 의식까지 혼미해지는 아내 앞에서 우리는 케이크에 불을 켜고 손뼉을 치며 즐길 수 있는 일상을 살 수 없었다.

82

연말을 앞둔 대리기사의 하루는 생각보다 분주했다. 정신없이 시간이 가는 것이 마냥 좋았고, 병실에 돌아와 쓰러져 잠을 자는 것이 차라리 속 편했다. 아내와의 대화는 갈수록 줄어들었고 병실에 돌아와서는 잠에 취해 쓰러져 있다가 출근을 위해 겨우 발걸음을 재촉하는 나를 향해 아내는 말을 걸지 않았다. 서로를 안쓰럽게 생각하는 우리는 좀 더 잠을 자게 내버려둔다는 핑계로 대화가 없는 일상을 편안하게 생각하게 되었다. 아내는 내가 가엾고, 나는 아내가 불쌍해서 우리는 일부러 말을 섞지 않았다.

아내는 병원 생활에 잘 적응하고 있는 듯했다. 주로 아내는 컴퓨터가 설치된 휴게소에서 시간을 보내곤 했다. 최근 아내가 흥미를 가지고 하는 게임이 있다고만 전해 들었다. 아픔을 잊기 위해 아내도 무언가에 집중을 하고 싶을 것이다.

아내를 이해하기로 마음먹었다. 오락을 하는 시간만이라도 통증에 대한 공포를 잊은 채 지낼 수 있다면 그보다 바람직한 일도 없지 않은가. 딸아이가 컴퓨터 앞에 앉아 게임이라도 할라치면 따라다니며 잔소리를 하던 아내였다. 그런 과거의 시간조차 아내는 기억하지 못할지 모른다. 모두 잊고 게임을 하는 동안만이라도 아내가 편안하면 그것으로 족하다.

아내는 말했다. 게임에서 미션이 주어지는데 비교적 이행하기 쉬운 것들이라고 했다. 지정곡을 들을 때도 있고, 공포영화를 보는 것도 있는데, 그다지 어려운 것이 아니라며 아내는 빙긋 웃었다. 아내에게도 삶의 성취감이 필요할 것이다. 시시각각 엄습하는 공포 앞에서 아내도 시간을 견뎌내는 나름의 방법을 찾은 것이다. 게임에라도 빠져들고자 노력하는 아내가 사뭇 대견스러웠다. 하나씩 미션을 수행해가면서 아내는 잠시나마 흐뭇한 마음이 들지도 모른다. 아픈 아내는 점점 어린아이가 되어가는 듯하다. 순한 어린아이의 모습을 계속 보여줄 수 있다면 얼마나 좋을까.

아내와 나의 대화는 현저히 줄어들었고, 대부분의 대화는 아내의 혼잣말이었다. 간혹 딸아이의 안부나 학교생활에 대해 궁금해하기도 했지만, 언제부터인가 게임에 대한 이야기가 주를 이루었다. 아이를 챙길 수 없는 엄마는 무관심을 택했을 것이다. 관심을 가진들 세영이에게 해줄 수 있는 일은 아무것도 없었다. 하나밖에 없는 외동딸을 애지중지하던 아내였기에 병으로 인해 생긴 틈은 아내에게 큰 상실감을 안겨주었을 것이다. 딸을 사랑하는 아내의 본심은 의심의 여지가 없었기에 지나치게 게임에만 집착하는 아내를 모른 척했다.

침대에서 곤하게 잠을 자던 아내가 갑자기 자지러지는 비명을 질러댔다. 다시 무시무시한 통증이 아내를 덮친 것이다. 아내는 응급실로 긴급하게 이송되었다. 나는 아픈 아내가 실려 가는 것을 보면서도 하품이 삐져나왔다. 회사 일을 마치고 대리운전까지 하려니 몸이 무척 고되다. 나는 하품하는 내 모습을 다른 사람들이 보지 않았을까 걱정이 되었다. 몸이 부서져라 일을 하면서도 아내의 병에 무심한 남편이라는 손가락질을 받는 건 생각만 해도 너무 억울했다. 나는 거푸 터져 나오는 하품을 손바닥으로 틀어막았다. 야속하게도 잠은 계속 쏟아졌다. 참을 수 없는 피로의 무게였다.

아내의 병에 차도가 있었더라면 나는 관리를 잘 한다고 칭찬을 받았을 것이다. 조금이라도 아내 발에 붓기가 가시고, 고통의 강도가 줄어드는 걸 눈으로 확인할 수 있다면 나 또한 더욱 사력을 다해 아내를 돌볼 것이다. 묵묵히 병수발을 하는 내게 아내는 선심 쓰듯이 말했다. 아내를 이리 헌신적으로 도왔으니 주님 나라에서 받을 상이 많을 거라고 말했다. 나는 콧방귀를 뀌었다. 죽고 나서 받는 상이 무슨 소용이 있을까 싶었다. 주실지, 안 주실지도 모르는 주님 나라의 상을 받기 위해 현실의 내가 참고 이겨내야 할 것들이 너무 많았고, 지옥 같은 현실을 살면서 아직도 천국과 주님 나라를 꿈꾸는 아내가 적잖이 미련스러워 보였다. 얼마나 더 당해야 정신을 차릴까 싶었다. 아픈 몸을 하고도 기도를 할 수 있다는 것이 그저 신기하기만 했다. 신을 원망해도 모자랄 판에 아직도 신실한 믿음을 미련처럼 버리지 못하는 아내가 안쓰럽기만 했다. 지푸라기라도 잡고픈 심정으로 신께 전달되지 않는 기도를 하는 아내가 가여울 뿐이었다.

언젠가 아내는 문병을 온 교회 사람들을 향해 말했다. 중보기도를 하면 주님이 기적을 보여주신대요! 부디 저를 위해 잊지 말고 꼭 기도를 해주세요.

아내가 차차 100병동에 적응하듯 나도 투잡의 일상에 그럭저럭 잘 적응해가고 있었고, 딸아이도 기숙사 생활에 불만을 표하지 않았다. 아내는 심드렁한 표정으로 게임을 하다가도 온몸을 얻어맞은 듯 아프다며 난데없이 자판으로 고꾸라졌다. 아내가 켜둔 컴퓨터 화면 창에는 다음 미션이 커서를 깜빡이며 켜져 있었는데 나는 나의 눈을 의심했다. '면도칼로 가족을 찌르라.'고 써져 있었기 때문이다. 아무리 게임이지만 가족을 해하는 미션을 주다니! 아내에게 다른 게임을 해보라고 이야기해야겠다고 생각했다. 그날따라 시작된 아내의 통증은 늦은 밤까지도 멈추지 않아서 가족을 찌르라는 미션은 도저히 수행할 수가 없었다. 아픈 아내는 면도칼을 쥘 힘조차 없어 보였다. 아내가 눈을 감는 것을 확인하고 외투를 챙겨 입었다. 인기척에 잠에서 깬 아내는 눈을 들어 힘없는 소리로 말했다. 여보, 올 때 면도칼 좀 사다줘요…….

극심한 고통 속에서 허우적거리던 아내가 현실과 게임 세계를 구분하지 못하고 흘리듯 뱉는 말 같았다. 실랑이할 시간이 없는 나는 대답 없이 고개만 끄덕였다. 차라리 아내가 보이지 않는 통증에 굴복하느니 정신을 팔 무언가가 있으면 좋겠다고 생각했다. 하지만

다시, 100병동

막상 현실과 게임 속, 가상 세계를 혼동하는 아내를 보니 게임에만 매달리는 것도 문제가 있다는 생각이 든다. 아내가 정신이 좀 들면, 대화를 좀 해봐야겠다.

아내를 보지 않는 고단한 하루가 오히려 즐거움이요 마음이 떠나 있으니
걱정 또한 줄어든지라 가벼이 살고 싶은 마음 또한 미친 듯이 요동하니
어찌하면 좋을지 염려가 되는지라 아내를 위해 무엇을 할까 고민하니
한숨만 푹푹 나오니이다 이런 판국에 대관절 게임이 웬 말인지 알 수 없다
하니

87

아내의 심부름

아내의 죽음

아내가 주문한 면도칼은 사지 않았다. 애당초 처음부터 살 생각도 없던 물건이었다. 나와 딸아이를 향해 면도날을 들이대는 아내의 모습은 상상만으로도 오소소 소름이 돋았다. 지친 발걸음으로 찾아온 병원이 여느 날과는 달리 분주했다. 누군가 죽었다며 사람들은 쑥덕거렸다. 매번 죽음을 접하는 병원 안의 사람들조차 타인의 죽음에 태연하고 담담할 수는 없었다. 극심한 통증을 호소하던 누군가가 쇼크사로 죽어버렸다고 사람들은 떠난 누군가를 덤덤히 애도했다. 끔찍하게 아플 바에는 그렇게 황망하게 가버리는 게 낫다는 사람도 있었다. 본인도 괴롭고 식구들도 못할 짓만 시킨다며 타인의 죽음을 떠들어댔다. 나도 모르게 그 의견에 고개를 주억거렸다. 아내에게 가깝게 다가갈수록 병원 안은 소란스러웠다. 아내와 같은 층의 사람이 죽었나 생각하는 찰나, 휴대전화가 드륵드륵 울어댄다. 다급한 수간호사의 음성이 들려왔다. 아내가 세상을 떠났다는 전갈이었다. 지금 병원 안의 소동은 아내 때문에 생긴 것이었고, 나는 아내의 죽음도 모른 채 아내 곁으로 저벅저벅 서두르지 않고 오던 길이었다. 아내가 죽었다니……. 아내가 죽었다니!

병원에 입원 수속을 할 때, 이미 위급한 상황이 오더라도 심폐소생술을 하지 않겠다는 서류를 작성했었다. 의식이 있더라도 극심한 통증에 쇼크사가 오는 경우가 많다는 담당의의 의견에 전적으로 동의한 결과였다. 깡말라버린 아내의 몸은 심폐소생술을 하는 동안 갈비뼈가 부러져 폐를 찌를 수 있는 상태라고도 설명 받았다. 나는 의사의 얘기가 채 끝나기도 전에 서약서에 자연스럽게 사인을 했었다. 아내는 죽을 만큼 아팠지만 끈덕지게 살아남았고, 아내의 죽음은 먼 나라 남의 얘기 같아서 당시는 현실감이 없었다. 당장 죽지도 않을 아내를 위해 뭔가를 심각하게 고민해야 한다는 것 자체가 퍽 성가셨다. 되도록 아내와 관련한 일들에서는 고민을 하고 싶지 않았다.

흰 가운을 입은 의료진들이 죽은 아내의 침대를 원형으로 둘러싸고 서 있었다. 지금 막 아내의 완벽한 죽음을 확인한 듯했다. 벽에 걸린 원형 시계를 들여다보던 의사는 사망선고를 하겠다고 말했고 윙윙 시간을 이야기하는 목소리가 귓전을 맴돌았다. 아내의 죽음을 도저히 믿을 수가 없었던 나는, 아내를 싸고 있던 흰 천을 들춰 얼굴을 확인하고자 했다. 새하얀 천을 들추자, 사는 동안 힘들었던 아내의 눈가가 촉촉이 젖어 있었다. 아내의 번히 뜬 눈이 나를 건너다보았다. 회진을 돌 때 만났던 주치의가 놀라 아무런 말도 하지 못하는 나의 등을 두어 번 두드려주었다. 백지장처럼 머릿속이 새하얗게 된 나는, 다음에는 어떤 행동을 해야 하는지 도무지 알 수가 없었다. 너무도 갑작스러운 이별이었다. 손도 쓰지 못하고 죽어버린 아내, 병원의 연락을 받았는지 딸아이가 도착해 병실 문을 열었다. 아이와 눈이 마주치자 그제야 나는 눈물이 났다. 아이는 품을 파고들며 소리죽여 울었다. 나는 미처 감지 못한 아내의 눈을 여러 번 쓸어주었지만 이미 사후 경직이 시작된 아내의 눈은 쉬이 감기지 않았다. 아내의 얼굴은 차갑게 식어갔다. 핏기가 가신 창백한 아내의 얼굴에 딸은 자신의 온기를 더하며 일어나보라고 이뤄지지 않을 말을 뱉고 있다.

100병동에 들어오면서 아내는 말했다. 여기 말이야. 왜 100병동일까. 100살까지 살려주는 병동인가? 나는 아내의 천진한 해석이 웃기고 오랜만에 들어보는 발랄한 음성이 좋아서 피식 웃었다. 100세를 소망했던 100병동에서 아내는 채 100일을 넘기지 못하고 세상을 등지고 말았다. 아내의 품격 없는 삶을 지켜보면서 서둘러 아내가 떠나주길 바랐던 시간도 있었다. 하지만 이 세상 어디에도 아내가 존재하지 않는다고 생각하니 나는 세상을 다 잃은 듯 허망했다. 아픈 아내라도 곁에 있어주었으면 하는 간사한 소망이 생겨났고, 병든 몸일지언정 나를 지켜봐주길 바라는 얄팍하고 이기적인 마음이 앞섰다. 나라는 인간의 편협한 사고가 치가 떨리게 싫었다.

병원에 들어오던 날, 심폐소생술에 동의하지 않은 것을 후회했고 아내가 죽음의 고통과 직면한 순간 어정어정 걸음을 딛던 굼뜬 행동도 공연히 미안했다. 죽을 것 같으면서도 끈덕지게 죽지 않던 아내가 더는 나쁜 마음을 먹지 말라고 홀연히 떠나준 듯싶었다.

가장 먼저 반갑지 않은 교회 식구들이 도착했다. 목사님과 전도사님은 아내의 영정 앞에서 한참 동안 중얼거리며 신께 전달되지 않는 기도를 했다. 아내가 그토록 사랑했던 하나님이 아내의 기도를 들어주었더라면 이렇게 허망하게 아내가 떠났을 리 없다. 눈을 감고 기도하는 그들의 모습에서 어떤 적의를 느꼈다. 우리는 영원한 이별을 하는 것이 아니고 주님의 부름을 받는 날, 다시 천국 백성이 되어 만날 거라면서 목사님은 당치도 않는 말로 딸아이를 위로하고 있었다. 하마터면 다 필요 없으니 그만 병실에서 나가달라고 소리칠 뻔했다. 품위 없는 삶을 살다 간 아내를 위해서라도 아내의 마지막만은 품격 있게 마무리해야 한다. 아내는 무언가 불만스러운 일을 참아야 할 때 아랫입술을 지그시 깨무는 버릇이 있었

다시, 100병동

다. 나도 교회 식구들을 바라보며 아랫입술을 지그시 꾹 깨물었다. 그들은 잔잔한 찬송가를 부르며 훌쩍훌쩍 눈물을 훔치고 있었다. 아내가 천국으로 간 것이 확실하다면 왜 눈물을 흘리는 것일까. 그들의 눈물이 악어의 눈물처럼 느껴졌다.

당신이 계시다면, 내가 저들에게 소리치지 않게, 저들을 비난하지 않게 부디 도와주셔서 아내를 잘 배웅할 수 있게 도와주세요. 한결같은 마음으로 오직 당신에게 충성했던 아내를 생각해서라도 그녀의 마지막이 소란스럽지 않도록 저를 붙들어주세요. 지금 이 순간 당신이 여기 존재한다면, 꼭 그렇게 해주셔야 해요. 아내가 사모했던 주님께 나는 기도했다.

100병동은 언제든지 편안한 장례식이 준비된 곳이었다. 아내가 들어놓은 상조보험회사는 전화 한 통으로 모든 절차를 순서대로 진행해주었고, 내 휴대전화에 저장된 번호로 신속하게 아내의 죽음을 공지했다. 삼 일 내내 사람들은 나를 찾아왔다. 아니, 좀 더 정확하게는 아내를 찾아와 조문했다. 누군가 들이민 여러 납골당 중 집에서 가장 가까운 곳으로 장지를 정했고 눈물을 흘리다 닦고, 곡을 하다 말고, 영정을 바라보다, 국화꽃을 정리하다 그렇게 삼 일은 숨 가쁘게 흘렀다. 마련된 영정 사진이 없어 해외여행을 꿈꾸며 찍어두었던 여권 사진을 확대해서 사용했다. 귀가 보여야 한다는 사진사의 주문에 따라 귀 뒤로 머리카락을 쓸어 넘긴 아내의 표정은 유난히 야무져 보였다. 이렇게 죽어버리기에는 참으로 아까운 나이였다.

　모든 장례 절차가 끝나고 아내는 그렇게 이 세상에서 영영 사라져버렸다. 집으로 돌아오자 딸아이는 방문을 닫고 그제야 꺼이꺼이 소리 내어 울었고, 있는 힘을 다해 버티던 장모님은 장례식이 끝나자마자 병원에 입원했다. 장인어른은 고열에 시달리면서도 장모님을 병간호했고, 그렇게 우리는 증발하듯 사라져버린 아내의 빈자리를 체감하고 있었다. 비겁하지만 나는 아내의 죽음 앞에서 신께 다시 무릎을 꿇었다. 하나님께 간절한 마음으로 용서를 구하고 부디 그녀가 당신의 곁에서는 아프지 않기를 기도했다. 아내가 그토록 가고 싶어했던 천국으로 그녀를 이끌어주십사 빌었다. 절망의 밑바닥에서 내가 의지할 곳은 그래도 당신뿐이라며 그저 나를 불쌍히 여겨달라고 간청했다. 아무리 생각해도 하나님밖에는 의지할 곳이 없으니 더는 나를 궁지에 몰지 말고 도와달라고 기도했다.

　오 주여, 나의 주님, 더는 의지할 곳이 없는 저를 그저 불쌍히 여기셔서 감당할 수 없는 시련은 주지 마시고, 지금 이 순간을 이겨낼 수 있도록 부디 저를 돌봐주세요. 저를 버리지 마세요. 저를 붙들어주세요.

　돌이켜 생각해보면, 신은 아내의 기도에는 응답한 셈이었다. 아내는 병든 몸을 하고서도 늘 자신을 위한 기도보다는 곧 남겨진 자들을 위해 기도했다. 엄마가 없는 빈자리를 살아내야 할 딸아이 세영이를 위해 무릎을 꿇었고 어리석은 남편을 위해, 가슴에 대못이 박힌 부모를 위해 기도했다. 아내가 기도하며 흘린 눈물방울로 나는 어제를 살았고 오늘을 사는 것이다. 필요할 때만 당신을 찾는 내게 신은 은총을 베풀어주실 수는 없었던 것일까. 아내의 기도가 부재한 시간에도 아내의 절절한 바람들은 삶의 곳곳에 남아 우리 가족에게 또 다른 힘을 전달해준다.

아내를 위해서라면 그렇게 가버리는 게 옳은 일일지도 몰랐다. 평생 나을 수 없는 병에 고통받으며 기쁨 없는 삶을 사느니 편안하게 하늘나라에서 사는 것이 좋을지도 몰랐다. 하지만 그건 아내 스스로 생각해야 할 문제였다. 내가 먼저 아내를 그렇게 판단한 것이 뒤늦게 미안했고 나는 죄책감에 시달렸다. 그만 떠나주길 바라는 나의 마음을 아내가 읽은 것은 아닌지, 미안한 생각이 들었고 병마에 쉬 놓쳐버린 아내가 처연하고 불쌍했다. 아내가 머물던 방에는 종 하나가 덩그러니 매달려 주인을 기다리고 있었고, 아내가 머물던 시간에서 그 방의 풍경도 멈춰 선 듯 여겨졌다. 딸랑딸랑 종을 쳐도 오지 않는 남편에게 목숨을 구걸하며 아내는 얼마나 참담했을까. 아내의 머리맡에 놓인 성경책이 찢겨 있다. 마음의 안식을 찾기 위해 성경책을 펼쳤던 찰나, 극한 통증이 밀려왔으리라 짐작된다. 아니면 아무리 기도해도 통증의 강도를 높이기만 할 뿐, 제 편이 되어주지 않는 신을 향해 성경책을 찢으며 반항을 했을지도 모를 일이다.

아내의 병을 알고 긴 싸움이 될 거라고 생각했다. 돈이 필요하니 투잡을 뛰어서라도 금전적으로 보탬이 되고 싶었고, 마주 앉아 지쳐가며 성실하지 못하게 아내를 돌보느니 병원에서 케어받으며 사는 것이 서로를 위해 지당한 선택이라 생각했다. 하지만 대리운전을 하면서도 텅텅 비어가는 통장에 좌절했고, 고생해서 일해도 새 학기에 딸아이 책가방 하나 사줄 수 없는 궁핍한 주머니 사정이 매번 수긍되는 건 아니었다. 내게 주어진 나머지 삶도 따분하다는 생각이 들어, 나 자신이 한없이 가엾기도 했고 그럴 때마다 잠든 아내의 얼굴을 흘기기도 했었다. 아프기 전에 꼬박꼬박 교회에 십일조를 냈던 아내를 맘속으로 힐난하기도 했다. 당장 손에 쥔 돈이 없을수록 교회에 낸 돈들이 아쉽게 생각났다. 교회 사람들은 문병을 오며 싱싱한 과일 바구니며 몸에 좋은 식재료들을 종종 챙겨 오곤 했지만, 흡혈귀처럼 교인들의 헌금을 빨아 이렇듯 선심을 쓰는 거라 생각하니 전혀 반갑지 않았다.

하지만 미움의 날보다는 아내의 이마를 짚어주고 땀을 닦아주던 시간이 많았고 다정하게 손을 잡아주고 애처로운 마음으로 등을 두드려주던 시간이 훨씬 많았다. 그런데도 야속하게 아내는 내

96

곁을 훌쩍 떠나버렸다. 다시는 이런 마음을 고백할 수도, 용서받을 수도 없는 처지로 나를 몰아넣고 하늘나라로 가버린 것이다. 아내는 지금쯤 자신의 믿음대로 천국에 당도했을까. 따뜻한 주님의 품에 안겨 영원한 안식을 누리며 살고 있을까. 아무리 생각해도 아내의 현재 상황에 대한 확신은 서지 않았다. 아내와 친하게 지내던 교회 집사님은 말씀하셨다. 지금쯤 천사들의 나팔 소리가 끊이지 않는 곳에서, 젖과 꿀이 흐르는 낙원에서 육신의 허물을 벗고 편안하게 지낼 것이니, 남편분이 빨리 기운을 차려 남은 가족들을 건사해야 한다고. 수신되지 않는 아내가 먼 곳에서나마 그렇게 행복할 수 있다면 다행이라는 생각이 들었다.

병원에서 문자가 도착했다. 경황이 없어 입원실을 비우지 못하신 것으로 생각되어 짐을 꾸려놓았으니 마음 정리가 되시는 대로 한 번 방문하시어 환자의 생전 소지품을 챙겨가 주시면 감사하겠다는 문자였다. 혹시 불필요한 물건이라 판단되시면 병원의 방침대로 처리하는 것에 대해 동의가 필요하니 전화를 한 통 해달라는 친절한 문자였다. 나도 모르게 한숨이 새어 나왔다. 아내의 죽음을 체감하기에도 벅찬 내게 자꾸 죽음을 상기하게 만드는 속상한 문자였기 때문이다. 나는 병원에 전화를 걸어 조만간 짐을 찾으러 갈 테니 임의대로 처리하지 말아달라고 부탁을 했다. 남은 아내의 물건을 통해서라도 가버린 아내를 느끼고 싶었고 그녀의 흔적을 간직하고 싶었기 때문이다.

깜빡 잠이 들었는데 아내는 보이지 않고 닫힌 문에서 딸랑딸랑, 딸랑딸랑 - 종소리만 요란했다. 방문을 열려고 시도해보지만 도통 문을 열리지 않고 진땀을 빼다 잠에서 깼다. 아내의 극심한 고통을 외면했던 나는 살아서 고스란히 모든 형벌을 받고 있다. 사는 동안 마음은 지옥밭을 뒹굴 것이다. 아내의 살고자 했던 진심을 외면했던 나는, 마땅히 맞아야 할 매를 맞는 중이다. 흥건하게 땀에 젖은 베갯잇을 벗겨낸다.

9절

아내가 가버리고 빈껍데기만 남았으되 하늘도 무심하여 눈물만
흐르는도다 어찌하여 내게 혹독한 아픔을 주시는지 알 길이 없어
원망의 마음만 더해가고 이내 눈물·닦아주는 착한 딸도 가슴 아파 주께
나아가지지 아니하니 신은 우리 가족을 철저히 내쳤음이라

98
다시, 100병동

아내의 편지

어머니가 돌아가신 걸로 일주일 결석을 허락받았던 딸도 학교로 돌아갔다. 그사이 나는 얼굴 한 번 봤을 뿐인데 조문을 와준 다른 업체 대리기사를 만나 밥을 한 끼 나누었고, 장모님을 문병 갔으며 병원에 보관되어 있던 아내의 짐을 찾아왔다. 짐을 찾아왔을 뿐이지 가방을 풀어보거나 가방 안에 들어 있는 물건을 정리하지는 않았다. 나는 여전히 몸도 마음도 힘들었고 눈을 감으면 자꾸 아내의 딸랑딸랑 종 치는 소리가 들려왔다. 비겁한 양심을 조롱하듯 종소리는 멈추지 않았다. 환청이 들리기 시작한 이후 잠도 잘 수 없었고 음식을 먹을 수도 없었다.

아내의 장례식 이후, 제대로 챙겨 먹지 못해 체중은 급격히 줄어 만나는 사람마다 얼굴이 아주 못쓰게 되었다며 이제는 건강을 챙

기라 당부했다. 장모님은 산 사람은 산목숨이니 살아야 하지 않겠
냐며 야윈 내 얼굴을 쓰다듬어주셨고, 장인어른은 딸아이를 봐서
라도 자네가 힘을 내야 한다며 어깨를 토닥여주셨다. 하지만 나는
차마 목구멍으로 밥을 넘길 수가 없었다. 아내가 이승에서 소멸하
길 바랐던 내 마음을 들여다보니 죄책감에 밥을 먹을 수가 없었다.
무촌으로 촌수도 따질 수 없을 만큼 가까운 하나뿐인 남편이 병든
자신을 성가셔한다는 걸 아내는 느꼈을 것이다. 아픈 것도 서러운
데 짐짝처럼 취급하는 나를 보면서 얼마나 많은 상처를 받았겠는
가.

　문자가 도착했다. 우체국이었다. 누군가 조의금을 우편환으로
보낸 적이 있어서 그런 문자인가? 생각했다. 장례가 끝난 후에도
뒤늦게 사연을 들은 아내의 친구들이 종종 연락을 해왔기 때문이
다. 그리고 내게 특별히 우체국에서 연락 올 일이 없었다. 발신인
이 아내의 이름이었다. 나는 눈을 비볐다. 죽은 아내에게 편지가
올 리 만무했다. 누군가 아내의 이름으로 우편을 보낸 것이라 생각
되었지만, 벌써 가슴은 콩닥콩닥 뛰었다. 발신인의 이름을 한 자,
한 자 쓰다듬었다. 아내의 이름이 적힌 문자만 보아도 눈물부터 앞
서는 아직은 채 마르지 않은 슬픔에 목이 메었다. 아내를 떠나보낸
묵직한 슬픔에서 서둘러 벗어나지 않기로 마음먹었다. 아플 만큼
아파야 한다는 걸 모르지 않았다.

급히 차를 몰고 우체국으로 향했다. 아내의 편지가 기다리고 있다고 생각하니 마음이 바빴다. 조급한 내 마음에 호응하지 못하고 도로는 꽉 막혔다. 어디서 사고가 났는지 견인차도 한 대 지나갔고 구급차가 가쁜 숨을 몰아쉬며 달려오고 있었다. 아내가 살아 있는 듯 잠시 환영이 보였다. 우체국 앞에서 아내가 나를 맞아준다면 얼마나 행복할까. 막연한 상상만으로도 내 가슴이 설레었다. 아내와 이별의 말 한마디 없이 헤어진 나는, 무언가 아내와 재회하는 느낌을 떨쳐버릴 수가 없었다. 꼭 한 번만 아내를 만나 용서를 구하고 싶었다. 용서를 구할 시간조차 허락되지 않는다면 짧게라도 눈맞춤을 하고 싶었다.

우체국에 가니 반송된 우편물은 2층에서 따로 보관하고 있다며 엘리베이터를 타고 이동하라고 상냥하게 안내해주었다. 엘리베이터는 지하 2층에 멈춰 있고 어쩐 일인지 층의 이동 없이 그대로 머물러 있다. 나는 답답한 마음에 계단을 향해 뛰었다. 아내의 이름이 적힌 편지를 빨리 손에 넣고 싶었다. 아직 아내의 사망신고가 되지 않은 곳이 있어서 아내 앞으로 오는 우편물이 종종 발견된다. 하지만 아내가 발신인이고, 수신인이 나로 표시된 것은 처음 있는 일 아닌가! 아내가 직접 쓴 편지일 거라는 예감이 들었다. 아내가 미리 유언 같은 걸 했나? 자신의 삶을 고요히 정리하고 있었을 아내를 생각하니 주르륵 눈물이 흘렀다.

본인임을 증명할 수 있는 운전면허증을 제시하고 우편물을 받았다. 낯익은 아내의 글씨가 눈에 들어왔다. 나는 아내의 편지를 가슴에 소중히 품고 몇 번을 손으로 쓸었다. 마치 아내가 살아서 돌아온 듯 반가운 마음이 들었다. 아내는 왜 내 앞으로 편지를 쓴 걸까? 편지의 내용은 과연 무엇일까? 나는 차로 돌아와 아내의 편지를 뜯었다. 급한 마음에 바로 찢어보고도 싶었지만, 혼자만의 고요한 공간에서 경건한 마음으로 편지를 열어 보고 싶었다. 그것은 황망하게 떠나버린 나의 아내에 대한 마땅한 예의의 절차였다.

두 장으로 빽빽하게 적힌 아내의 편지는 읽는 내내 나를 오열하게 만들었다. 임종 체험을 하고 난 후, 딸아이가 쓴 편지에 대한 답장이 한 장이고, 내게 남긴 편지가 한 장이었다. 마지막 순간 영화 필름이 돌아가듯 삶의 지나온 흔적들이 그려진다는데, 아내는 나의 얼굴을 몇 번이나 떠올렸을까? 자필로 쓴 아내의 편지로, 그녀의 죽음은 갑작스러운 쇼크사가 아닌 자살임이 밝혀졌다. 아내는 스스로 죽음을 택한 뒤, 생을 마감한 것이다. 지독한 고통에 시달리면서 점점 짐승처럼 변해가는 자신을 감당할 수 없다는 것이 죽음의 첫 번째 이유였다. 그리고 경제적으로 궁핍한 환경으로 더는 나와 딸아이를 몰아넣을 수 없다는 판단에 죽기로 결심한 것이었다. 자신의 빈자리까지 부족함 없이 채워달라고 하며 아내는 딸아이에 대한 염려와 당부를 마지막 순간까지 잊지 않았다. 아내는 마지막 순간까지도 가족의 일원으로 제 몫을 담당해내고 싶었던 것이다.

100병동에 입원한 뒤, 처음 부탁한 아내의 심부름에 응하지 말아야 했다. 아내는 바늘 끝을 잘라, 한입에 털어 넣고 삼킨 것이었다. 북한의 탈북자들이 중국 공한에게 잡혀 북송되었을 때 모진 고문을 받다가 선택한 자살법이 바늘 삼키기래. 한 번에 죽어버린 사람들에게 고통의 깊이를 물을 수는 없지만 그래도 실패하는 확률이 적고 확실하게 죽음에 이른다고 해서 이 방법을 선택하게 되었어. 특별한 외상이 없이 죽을 테니 내 죽음에 의구심을 품을 사람도 없을 거야. 복합 부위 통증 증후군은 당신도 알다시피 쇼크사가 많은 병이니까. 이보다 좋은 방법은 없다 싶더라고. 오래전부터 생각해왔던 죽음이야. 더는 이렇게 힘들게 살고 싶지 않았거든.

혹시 나의 자살이 실패로 돌아가 말썽의 소지가 있을까 봐 게임에 집착하는 환자로 남겨졌으니 안심해도 좋아. 현실과 가상의 세계를 구분하지 못하며 통증에 시달리던 한 사람이 죽었다고 하면 정신병을 인정받아 보험금 지급은 가능할 것 같거든. 내가 즐겨하던 '흰긴수염고래'라는 게임도 스스로 죽어야 최종 승자가 되는 잔인한 게임이었으니 누구도 나의 죽음에 의심을 품지는 않을 거야. 지금껏 나를 돌봐준 가족들이 의심을 받는 건 정말 싫어. 끔찍한 일이지. 얼마나 억울할 거야.

당신도 알다시피, 나는 끔찍한 고통과 매 순간 마주하며 살았잖아. 스스로 선택한 거니 내게 미안한 마음은 갖지 말아줘. 보험금도 타야 하니 나의 죽음은 완벽해야 해. 여보, 부디 이성을 잃지 말고 냉정하게 행동해주길 바랄게. 화장을 하고 대부분 뼈를 빻아주니까 자살은 누구에게도 들키지 않고 감쪽같이 이루어질 거야. 자살은 보험금도 청구할 수 없다고 해서 이런 방법을 택한 거야. 내 병원비로 그동안 모아둔 돈 다 쓴 거 잘 알고 있어. 당신도 좀 편해져야지. 이 편지는 읽고 난 후, 바로 꼼꼼하게 찢어서 불태워버려 줘. 더는 당신의 짐으로 남고 싶지 않다. 이제는 정말 자유롭고 싶어. 억압된 육신이 너무 버거워서 이런 결정을 내릴 수밖에 없었어. 평생을 정직하게 살아온 당신에게 너무 무거운 비밀을 안기고 떠나는 게 마지막 순간까지 맘에 걸린다. 살면서 미안했고, 죽어서도 당신한테는 너무 미안할 것 같아. 내 남편으로 살아내느라 그동안 너무 고생했어. 아픈 몸 떠맡겨서 안 좋은 기억만 남긴 것 같아. 그게 제일 속상하다.

아내는 꼼꼼한 성격답게 자신이 가입한 보험회사와 사망보험금 액수까지 자세히 적어두었다. 마지막 떠나는 순간까지 마음 편하지 못했을 아내의 모습이 그려지자 숨을 쉴 수가 없었다. 보험 처리 절차까지 순서대로 적어둔 익숙한 아내의 글씨에 심장이 벌떡거렸다.

다시, 100병동

여보, 그리고 부탁인데……. 나의 어머니와 아버지가 중한 병에 걸리게 되면 중환자실에 모시지 말고 호스피스 병동에 모셔줘. 두 분의 삶을 돌아볼 수 있는 시간을 허락해주길 바랄게. 그동안 나 병간호해줘서 고마웠어. 보험금에 대한 건, 나의 자살은 죽을 때까지 우리 둘만의 비밀로 간직해주라. 떳떳하지 못한 엄마와 자식의 모습으로 추하게 남고 싶지는 않아. 나는 이제 영원히 고통스럽지 않은 하나님 품으로 가는 거야. 그러니 슬퍼해서는 안 돼. 사는 동안 너무 힘들었어. 조금 일찍 불러주시면 좋은데 더는 그 부름만을 기다릴 수가 없어서 내가 먼저 하나님 곁으로 가. 아마도 주님이 잠시 나를 잊고 계신 것 같아서 말이야. 죽으면 키우던 강아지가 마중 나온다고 하던데 우리 똘똘이가 서운한 마음 풀고 마중해줄까?

떠나보낸 반려견 한 마리에 끝까지 마음 썼던 착한 아내는 그렇게 편지를 마무리 지었다. 그렇게 아내는 가슴에 대못을 박고 내 곁을 영영 떠나버렸다. 잠든 척 방 안의 불을 모조리 끄고 스마트폰으로 '편안하게 죽는 법'을 검색하던 매정한 내 모습이 떠올랐다. 이어서 자신의 죽음을 검색해야 했을 아내의 모습이 떠올랐다. 나는 가슴을 치며 통곡했다. 아내의 병간호에 지쳤던 나의 얼굴은 차츰차츰 사지로 그녀를 몰아갔을 것이다. 나을 수 없는 병을 앓고 있는 아내 또한 마음이 지치고 병들었을 것이다. 누구도 아내만큼은 비참하지 않았을 텐데……. 나는 그 사실을 너무 늦게 깨우쳤다. 아내의 자리에서 그녀의 입장이 되어 모든 걸 감내하는 듯 여겼지만 빈껍데기만을 이해한 꼴이다.

당신 참 나쁘다. 나더러는 어찌 살라고 이런 무거운 짐을 지게 하는 거야? 내가 얼마나 나약하고 모자란 사람인 거 잘 알면서, 어쩌면 내 마음이 당신을 보낸 건 아닐까. 당신을 죽음으로 몰고 간 건 아닐까. 하루에도 수십 번씩 죄책감이 밀려와……. 하지만 하루를 살아내는 건 남은 가족들이 있기 때문이야. 잘못을 빌 대상이 세상에서 사라지고 없다는 건, 이렇게 아픈 거구나…….

10절

아픔만 커져갈 뿐 눈물만 나는구나 전능자는 어찌하여 아내를 빼앗는가 죄 없는 아내만 불쌍하다 여겨지고 어찌하여 아내를 건져주지 않았는지 묻고 싶을 뿐이라 이 심정 토로할 길 없어 나 홀로 애통타 하니

106
다시, 100병동

버거운 비밀

집에 돌아와 급할 것도 없는 아내의 짐을 풀었다. 병원 간호사는 평소 세심한 성격답게 짐을 수월하게 정리할 수 있도록 잘 꾸려놓았다. 내가 사다 준 아내의 바늘 쌈지에 눈길이 머물렀다. 뭉툭하게 끝이 잘려나간 바늘 일곱 개가 눈에 띄었다. 가슴이 철렁 내려앉았다. 나는 아내가 스스로 목숨을 끊기 편리하도록 종류별로 바늘이 담긴 쌈지를 가져다준 것이다. 화장실에 몰래 들어가 바늘 끝을 부러뜨리는 아내의 얼굴을 상상해 보았다. 등골이 서늘했다. 아내 혼자 오롯이 감당해야 했을 슬픔의 무게가 전해졌다. 아무도 없는 빈집에서 짐승처럼 웅크리고 오롯이 고통과 직면했을 때마다 아내는 삶을 포기하고 싶었겠지. 딸아이와 내가 아내의 손을 놓지 않고 끝까지 곁에 남기를 간절히 청했

107

더라도 아내가 자살을 결심했을까? 그렇지 않을 것이다. 살아보고자 노력했을 것이다. 하루하루 마약 진통제에 의존하며 살아야 하는 여린 생이라도 살아내고자 최선을 다했을 아내이다.

아내가 성경책을 필사하는 모습을 한 번도 본 적이 없는데 요한복음이 빼곡하게 적혀 있었다. 아마도 내가 잠든 사이 성경 말씀에 의지하며 고통에서 놓임 받고자 발버둥을 쳤던 모양이다. 반듯하게 글씨를 쓰다가도 겨우겨우 낙서하듯 써내려간 성경의 구절들이 눈에 띄었다. 아내의 상황이 생생하게 그려졌다. 가족들을 깨우지 않기 위해 응급실까지 가지 않고 혼자 버텨보려고 이를 악물었을 것이다. 아마도 아내는 내가 보지 않는 시간에만 성경을 필사했을지 모른다. 들어주지도 않는 기도는 왜 하냐며 흥흥거렸던 나의 모습이 떠올랐다. 밤낮없이 기도해도 그 병은 낫지 않는다고 퉁을 주었던 것도 같다. 아내에게 뱉었던 생각 없는 말들은 뾰족한 가시가 되어 내 마음을 콕콕 쪼고 있다.

죽음을 결심한 아내는 보험을 갱신하면서 사망보험금을 좀 더 많이 받을 수 있는 쪽으로 약관을 조정해놓았다. 영민한 아내 덕분에 나는 넉넉한 사망보험금을 지급받고 생존해 있는 동안 편안하게 살 수 있을지 모른다. 하지만 잘려나간 바늘의 끝은 가슴팍에 눌어붙어 콕콕 내 심장을 쪼아댔다. 딸아이도 아내의 죽음에 많이 힘들어 하고 있다. 지난주에도 조퇴를 하고 집에 돌아와 밤새 끙끙 앓다 떠났다. 마음이 약해지고 의지할 곳이 없는 딸아이는 나와 눈을 마주치지 않았다. 나의 눈을 보고 눈물은 절대 흘리지 않을 거라며, 아빠도 씩씩하게 이겨내달라고 의젓하게 내게 힘을 실어주었다. 이렇게 귀한 딸을 두고 아내는 어찌 저승 물에 발을 담글 수 있었을까.

아이가 기숙사로 돌아가기 전에 나는 아내가 남긴 편지를 말없이 전해주었다. 낯익은 엄마의 글씨를 보자 딸아이는 눈물부터 글썽거렸다. 연필 쥘 힘도 없는 엄마가 자신에게 남긴 장문을 편지를 보며 가슴이 먹먹했을 것이다. 죽고자 마음먹은 아내는 독하게 연필을 꼭 쥐고 꾹꾹 눌러 글자를 적었겠지. 아내가 남긴 편지 한 장은 딸아이에게 평생을 살아갈 수 있는 엄마의 사랑을 남겨둔 셈이었다. 아이는 당장 읽어보지 않고 편지 봉투만 한없이 쓰다듬다가 교복 안주머니에 엄마가 남긴 편지를 챙겨 넣었다.

아내의 보험금은 아무 문제 없이 지급되었다. 그동안 수도 없이 응급처치를 받으며 위기를 넘겼던 아내인 터라 그녀의 쇼크사에 보험회사 직원은 한 치의 의심도 품지 않았다. 쇼크사로 심장마비를 일으킬 만큼 무시무시한 통증이 동반된다는 건 여러 연구 결과로 이미 밝혀져 있었고, 현재 병을 앓는 많은 환우들은 병의 끔찍한 아픔에 대해 증언해주었다. 갑자기 생긴 거액의 돈 앞에서도 나는 아내의 모습을 떠올렸다. 이것이 로또 복권에 당첨된 금액이라면 얼마나 좋을까. 아내의 말대로 나는 당장 회사를 때려치우고 신나게 여행을 다니며 마음껏 돈을 내키는 대로 쓸 수 있을 것이다.

허나, 아내가 자살한 사망보험금을 수령한 내 마음이 편할 리 없다. 사회적으로 부정한 방법으로 수급한 돈이었고, 무엇보다도 이 돈을 사용할 자신이 없는 나였다. 사지로 아내를 몰고 간 당사자란 생각이 들었다. 아내가 남긴 돈을 쓸 자격이 없는 사람이라는 생각이 들었다. 나는 가끔 생각해본다. 이미 뱀술의 재료가 되어 살 수 없는 뱀에게, 살 수 있다는 희망을 주듯 유리병을 톡톡 두드렸던 나를. 목숨 줄을 쥐고 쥐락펴락 하는 나를 보면서 죽어가는 뱀은 독기를 품지 않았을까. 느슨하게 코르크 마개를 풀어줄 때는 언제고 다시금 꼭 마개를 막아버린 내 덕분에 산산이 부서져버린, 살고 싶었던 마지막 살모사의 꿈은 얼마나 가련한가.

장모님은 지금껏 기력을 회복하지 못하고 계신다. 아내는 마지막까지 보험금 상속자를 나로 남겨두었다. 나를 신뢰하지 않았더라면 죽는 순간에 얼마든지 상속인을 지정해 바꿀 수 있었다. 부모님 앞으로 돌려둘 수도 있었고 딸아이 앞으로 전액을 남긴다고 한들, 나는 아내를 탓하거나 서운해하지 않았을 것이다. 오히려 마음이 편했을지도 모르겠다. 하지만 아내는 단 한 푼도 타인에게 양도하지 않고 온전히 내 몫으로 남겨주었다. 살인 요청에 응했던 내게 변함없는 믿음을 가졌던 아내가 더욱 원망스럽다.

다시, 100병동

장인어른의 호출이 왔다. 아내 없이 아내의 부모님을 뵈러 가는 것이 낯설다. 어떤 말로 자식을 잃은 아비를 위로할 수 있을까. 딱히 떠오르는 말은 없다. 장인어른이야말로 얼굴이 말이 아니었다. 본인의 마음도 힘든 상황에 장모님까지 잃고 계시니 상황은 불보듯 뻔했다. 통 열이 떨어지지 않아서 병원을 찾았더니 급성백혈병으로 진단을 받았다며 마음이 힘든 장모님께는 비밀로 해달라고 말씀하셨다. 나는 뒤통수를 한 대 얻어맞은 듯했다. 아내가 떠난 지 얼마 되지도 않아 발견된 장인어른의 중병 앞에서 나는 또 한 번 죄인이 되었다.

아내의 사망보험금이 있으니 병원비는 걱정하지 마시고 치료를 받으시라고 했지만 막무가내셨다. 지금 병원에 드러누우면 그 순간, 장모님도 돌아가시게 된다며 절대 충격을 주어선 안 된다고 당부하셨다. 자신의 목숨이 위중한 상황에서도 아내를 먼저 챙기는 장인어른을 보니 가버린 아내가 더욱 불쌍했다. 사는 데까지 살다가 자신은 호스피스 병동으로 갈 거라고 하시며 그래도 내게는 알려야 할 것 같아 비밀을 털어놓으신다며 희미하게 웃으셨다. 죽음을 앞둔 아내는 우리 앞에 닥칠 상황을 직감하기라도 한 걸까? 장인어른의 입에서 뱉어지는 호스피스 병동이라는 말에 나는 소름이 돋았다. 나는 그렇게 100병동을 떠날 수 없게 되었다. 아내는 떠났지만 나는 아내가 떠난 병동에 남아 장인어른을 모시고 좀 더 오래

버거운 비밀

병동 생활을 하게 되었다. 달라진 것이 있다면, 치료비를 걱정하지 않고 병동에 남을 수 있다는 것이다. 간병 살인을 꿈꿨던 나는 그렇게 100병동 속에 더 남아 있게 되었다.

11절

슬픔을 가눌 길이 없고 죽은 이만 불쌍터라 아내의 죽은 나이 삼십칠 세니 더는 내 삶에 희망도 없으리라 싶으매 신이 이르시는 어떤 말씀도 없으니 알아서 깨달아야 하는 바 내가 어찌 알리오

112

다시, 100병동

병동 풍경

환자복을 입은 그녀가 빨간색 하이
힐을 신고 환자 전용 화장실에 간다. 종아리 축소 수술을 실패한
그녀는 당겨지는 근육 때문에 스물네 시간 하이힐을 신고 생활해
야 한다. 근육 재활을 위해 다리 운동을 할 때면 극심한 고통에 신
음을 토해낸다. 잘못된 결심으로 이어진 실패한 수술로 깨금발을
딛고 사는 위태로운 삶을 살게 되었다.

가난한 고시생을 뒷바라지하다 차인 그녀는 스스로 외모 탓을 하
게 되었고, 결국 통통한 종아리에까지 칼을 대게 되었다. 도드라진
알통을 옛 애인은 꽤나 불만스러워했다고 한다. 이미 떠난 남자의
취향까지 신경 쓰지 말아야 했다. 그건 이미 그녀의 몫이 아니니
까. 그녀가 매끈한 다리를 만들어도 고시에 합격한 남자는 돌아오

지 않을 테니까.

미련스러운 그녀는 옛 애인과 대다수 남자들의 여자 고르는 눈이 비슷하다고 여겼던 듯하다. 편안한 슬리퍼 한번 신지 못하고 실내에서조차 하이힐을 신어야 하는 그녀를 보니 가슴이 답답하다.

위험한 수술을 단행한 그녀가 안된 마음보다 갑갑스러워 보인다. 그녀의 침대 밑에는 여느 환자들과 달리 여러 컬레의 신발들이 가지런히 놓여 있다. 세련된 레이스가 달린 하이힐, 에나멜 소재의 코가 맨질맨질한 하이힐, 알알이 큐빅이 박힌 탐나는 디자인의 어여쁜 구두까지 모두 그녀의 걸음을 위해 대기 중이다. 서글픈 것은 그 어떤 구두도 그녀의 환자복과 어울리지 않다는 것이다.

생뚱맞은 그녀의 차림은 늘 새로운 화두가 되었다. 언젠가 그녀의 단짝 친구가 문병을 온 적이 있다. 친구는 애써 밝은 얼굴을 하며 "퇴원하면 뭐 하고 싶은 거 있니?" 다정하게 물었고, 그녀는 "슬리퍼 신고 시원하게 샤워기로 발 씻고 싶어."라고 건조하게 대답했다. 황망한 친구의 표정을 잊을 수가 없다. 출입할 수 없는 친구의 마음 언저리에서 헛발질하는 그녀가 보였다. 공연히 머쓱해진 그녀는 따뜻한 물이 없다며 물통을 들고 나갔다. 병원을 나서도 할 수 없게 된 일상의 소박한 바람이 그녀 일생 최대의 꿈이 된 셈이다.

바라보는 심정이 이럴진대 당사자는 오죽할까 싶어 부러 또각또

다시, 100병동

각 구두 소리에 무신경하려고 애쓴다. 하지만 조용한 병실에서 그녀의 정직한 구두굽 소리는 청명하게 울려 퍼진다. 의식적으로 바라보지 않으려고 바짝 신경을 써야 한다. 오늘도 그녀는 수술 자국이 선명한 쌍꺼풀 자국을 커버하기 위해 오래도록 거울을 들여다볼 것이다.

아름다움에 집착한 나머지 잘못된 성형과 항생제의 부작용으로 그녀는 시한부 삶을 선고받았다. 환청이 들려와 얼굴에 이물질을 주입한 그녀는 울퉁불퉁한 얼굴로 변했다. 자신의 외모에 대한 혐오감으로 심각한 우울증에 여러 번 자살 기도를 한 그녀는 이제 모든 걸 포기하고 호스피스 병원에 들어온 것이다. 사는 동안 용서할 사람이 많다고 했다. 용서받을 일보다 용서할 일이 많이 남은 젊은 여자의 기구한 삶은 바라만 봐도 애석하다.

간병인을 두고 있는 올해 나이 구십삼 세의 할머니는 오늘도 한창 재롱을 부린다. 중국에서 온 조선족 간병인이 〈학교 종이 땡땡땡〉을 큰 목소리로 선창한다. 다소 어눌한 발음의 노랫말을 목청껏 따라 부르며 병원 식구들의 박수갈채를 받는다. 늙으면 아이가 된다고 하더니 할머니는 정말 표정까지 순진하다. 턱받이를 하고 간병인이 떠먹여주는 이유식을 다박다박 받아 오물거리며 선한 눈빛으로 사람들을 둘러본다.

남색 체크무늬 환자복이 제법 잘 어울린다. 동그란 얼굴에 눈꼬리가 긴 선한 인상을 가졌다. 간병인의 말에 의하면 오늘 저녁 아들 내외가 방문했어야 했지만, 이번에도 오지 않았다. 아들은 찾아오지 않았지만 월급은 제 날짜를 맞춰 들어오니 상관없다며 간병인은 인상을 구기지 않는다.

지치게 돈이 많다는 할머니, 그 자제들 얼굴을 뵌 적이 없단다. 아들 딸 골고루 슬하에 오 남매를 두었지만 구십 넘은 할머니는 생의 마지막을 연고 없던 조선족 간병인과 함께 보내고 있다. 아들이 온다는 소리에 어벙한 눈으로 "아하하 좋아" 신나서 박수치던 할머니는 오늘도 아들의 박수는 받지 못한다. 아들에게 보여주게 열심히 연습하자면 머리 위로 손을 올려 "사랑해요~"를 외쳐대던 천진한 할머니다. 사랑하는 아들이 언제쯤 그 절절한 고백을 받아줄까.

할머니가 변을 보았는지 구린내가 병실 가득 퍼진다. 코를 쥐고 싶지만 간병인의 눈치가 보여 잠시 하나, 둘, 셋, 숨을 참는다. 똥구린내에 슬슬 무뎌진 코가 역한 냄새를 반응 없이 받아들인다. 영리한 간병인은 할머니께서 실수를 하실 때마다 짐짓 들으라는 양 큰 소리로 말한다. 모다 늙는 거지요 무어, 세월은 신이 허락한 공평한 약속인 벱이죠. 말을 마친 간병인은 잽싸게 개인 커튼을 두르고 대변을 받아내 처리한다. 우리 할머니, 아침 잘 자시더니 많이도 누셨네~

시계를 들여다보니 열두 시다. 점심시간이 시작되었다. 드르륵

드르륵 식판을 담은 급식대가 들어오면 명찰이 붙여진 식판이 바지런히 주인을 찾는다. 비위가 약한 나는 구린내 풍기는 텁텁한 공기 속에서 도저히 밥을 먹을 자신이 없다. 간병인 아주머니는 병실에 비치된 냉장고에서 개인 반찬을 꺼낸다. 중국인이 즐겨 먹는다는 부추김치와 물엿에 달달하게 조린 멸치볶음, 오전에 남았던 잔반을 늘어놓는 아주머니께 나의 식판을 가져다드렸다. "드시겠어요? 통 입맛이 없어서요." 잘 먹겠다는 인사를 뒤로 병실을 빠져나온다.

장인어른께 맛있는 죽이라도 사다 드리고 싶다. 자식을 먼저 보낸 아비의 심정은 짐작조차 할 수 없다. 아내의 유언이 아니었더라면 집에서 장인어른을 간병했을 것이다. 아직 마음을 추스르지 못한 장모님께 장인어른의 병을 알릴 용기도 없다. 아무것도 생각하지 않고 맛있는 죽에 허기를 좀 달래고 싶다.

그때였다. 응급벨 소리가 울리고 119 구조대원이 사이렌 소리를 울리며 다급하게 들어온다. 귀를 세우고 대화를 엿들으니 자살을 기도하고 약을 먹은 사람이란다. 구부정 응급실 문 앞을 서성이며 상황을 살핀다. 하던 일도 없던 참에 눈요기가 될 만한 쇼킹한 사건이 일어나 새삼 흥분된다. 남의 불행에 대한 궁금증에 발동이 걸렸다. 사건을 신고받은 경찰이 뒤이어 들어오고 전문의가 투입되어 급히 심폐소생술을 실시한다. 이미 멎은 심장은 고집스럽게 뛰지 않는다.

헐떡이는 숨을 몰아쉬며 보호자가 들어온다. 늙은 어머니가 아들의 사고 소식을 듣고 한달음에 달려온 것이다. 신발까지 짝짝이로 꿰차고 뛰어온 어머니는 허연 머리칼을 쓸어 올리며 아들의 상태를 묻는다. 애간장이 끊어지는 어미의 심정을 뒤로하고 나는 하이힐의 그녀를 떠올렸다. 그녀는 촌각을 다투는 찰나의 순간에도 하이힐을 찾아 신어야 할 것이다. 떠나간 남자를 평생 멍에처럼 짊어지고 또각또각 뛸 그녀의 생이 가여웠다. 생각이 거기까지 미치자 그녀가 진심으로 측은하게 느껴졌다.

다리가 풀려 털썩 주저앉는 노모가 보이고 결국 아들은 그의 뜻대로 세상과 작별한 듯 흰 천으로 얼굴을 가렸다. 황황한 마음의 노모는 자리에서 일어나지 못하고 꺽꺽 울음을 토해내고 있다. 바퀴 달린 침대에 뉘인 아들은 잠시 확인할 것이 있다는 의료진과 함께 '관계자 외 출입금지' 구역으로 들어간다. 하얀 바탕에 붉은 글씨로 써진 '관계자 외 출입금지'라는 말이 생경스럽다. 아들과 어머니의 분명한 모자관계도 인정받지 못하는 구역으로 아들의 시신은 빠르게 운반되었다.

구십삼 세의 할머니가 박수친다. 좋아, 아이 좋아를 연발하는 할머니. 이런 비극적인 상황조차 할머니에게는 신나고 유쾌한 장면일 뿐이다. 삐요삐요 사이렌이 울고 원색 옷을 입은 사람들이 바쁘게 움직이는 모습만이 그저 재미난 할머니는 주변의 반응이 없자 더욱 소리를 높여 와아아~ 신나를 외쳐댄다. 무안해진 간병인이 박수를 저지하고 급하게 자리를 떴다.

중학교 때였다. 방학 때면 외가댁에 내려가 지내곤 했는데 귀여운 토끼가 새끼를 낳았다. '토순이'란 이름을 가진 흰 털에 검정색과 갈색 반점이 새겨진 몸집이 작고 귀가 쫑긋 솟은 앙증맞은 녀석이었다. 예쁜 토순이가 새끼를 낳았다니! 새 생명에 대한 벅찬 기대로 가슴이 두근거렸다. 내가 새끼를 낳은 듯 양 어깨를 으스대며 친구들과 우르르 몰려 집으로 돌아오자 할머니는 말씀하셨다. "토끼장 근처에 절대로 가지 말거라. 새끼 낳고 들여다보면 토순이가 제 새끼 물어 죽인다." 신신당부에도 마음이 놓이지 않으셨던지 검은 천으로 토순이네 집을 가려두곤 밭일을 가셨다. 치렁치렁 둘러진 검은 천은 강렬한 호기심만 더욱 자극할 뿐이었다. 사랑스러운 토순이가 일없이 왜 제 새끼를 죽이겠나 싶었다. 친구들의 방문을 귀찮게 여긴 할머니의 거짓말이라 생각했다.

살며시 검정 천을 드러내고 밝은 플래시 빛을 비추며 토끼장으로 고개를 디밀자 놀란 토순이는 갓 낳은 아기를 입에 물었다. 그리곤 먹어치워 버렸다. 갑작스런 토순이의 반응에 나와 친구들은 멍하니 바라볼 뿐이었다. 초식 동물인 토끼가 야금야금 제 새끼를 씹어 삼키는 모습은 적잖이 충격적이었다. 어둠 속에서 안심하던 토순이는 갑작스레 비춰진 빛이 공포스러웠던 모양이다. 어쩌면 내가 제 새끼를 해치거나 데리고 갈 거라 생각했는지 모를 일이다. 분명한 건, 당시 나는 새끼를 잡아먹는 토순이가 모성애도 없는 멍청하고 잔인한 토끼라 생각했다는 것이다.

하지만 세월이 흐르며 종종 토순이의 마음을 돌아보게 되었고, 지극한 사랑으로 제 새끼를 삼켰을 거란 생각도 들었다. 힘들게 낳은 새끼를 위험한 세상에서 키울 자신이 없었던 것은 아닐까. 아내도 그런 마음으로 자살을 결심했을 것이다. 자신이 존재함으로 점점 위태로워지는 가정을 생각해 서둘러 떠나야 한다고 생각했을 것이다. 교회에 다니며 나름 신실한 신앙인임을 자부했던 아내가, 자살을 택하기까지 얼마나 괴로웠을까. 어쩌면 천국으로 가지 못한다는 생각에 망설였을 수도 있다. 하지만 살아서 생명을 연장하는 삶이 지옥이었던 아내는 삶에 종지부를 찍기로 마음먹었을 것이다. 100병동의 풍경에서 아내는 어떤 희망도 읽어내지 못했다.

그날 애써 받은 새끼를 잃은 할머니는 어미 토끼처럼 가슴 아파했다. 할머니께 토끼장을 들여다봤다고 혼날 줄 알았는데 할머니는 아무 말씀도 하지 않으셨다. 할머니께 꾸중을 듣게 되면 거짓말을 할 요량이었다. 절대로 토순이네 집을 훔쳐보지 않았다고 발뺌을 할 생각이었다. 하지만 할머니는 대답이 준비된 내게 묻지 않았다. '관계자 외 출입금지.' 토순이는 나와 새끼와의 관계를 끝내 부정하며 어미와 새끼의 관계까지 미련 없이 청산해버렸다. 그 뒤 꿈속으로 깡충깡충 뛰어온 토순이는 꾸역꾸역 새끼를 삼키며 주둥이 가득 피를 묻히곤 했다. 편두통이 시작된 건 악몽을 꾸면서부터다.

무료했던 참에 타인의 아픔을 지켜보며 한순간의 스릴을 맛보았던 스스로가 정말 나빴다. 엘리베이터까지 따라든 어미의 울음소리가 둘 사이의 애틋한 관계를 가감 없이 증명하고 있다. 엘리베이터 거울에는 소속 의사의 광고가 큼직하게 붙어 있다.

세계 100대 의료인으로 선정된 그가 유난히 하얀 흰 가운을 걸치고 자신감 있는 미소를 선보이며 활자 가득 실력을 자랑하고 있었다. 숨이 멎지만 않았다면 저 당당한 의사는 자살을 기도한 매정한 아들을 살려냈을지도 모를 일이다. 믿음직스러운 인상으로 환자들에게 깊은 신뢰감을 안겨주는 의사의 자신만만한 표정은 계속 얼굴을 마주하게 하는 강한 힘이 있다.

대학 시절, 소록도로 문학 답사를 갔다. 한센병 환자들이 모여 사는 작은 섬. 지형이 어린 사슴과 비슷하여 붙여진 아름답고 경치가 수려한 예쁜 섬마을이었다. 그들은 외부인의 방문을 달가워하지 않았다. 우리들은 그들의 아픔을 눈으로 보고 체험하며 글로 승화시켜야 하는 원대한 문학도의 포부를 안고 왔으나 그들에겐 실로 성가신 일이었을 게다. 일주일 동안, 그들의 별반 다르지 않은 일상을 바라보며 평행선으로 달려온 세월이 원망스럽기도 했다.

평범한 삶 속에 편입되지 못하고 살았던 서러운 세월을 어찌 보상받을 수 있을까. 답사의 마지막 날, 섬의 주민들을 초대해 작은 만남의 장을 열었다. 한센병을 앓았던 유명한 시인, 한하운의 작품이 작은 섬, 소록도에 가득 낭랑하게 울려 퍼지자 그들은 투덕투덕 박수쳤다. 살점이 떨어져 나간 손바닥은 마주쳐도 짝짝 소리를 내지 못했고 둔탁한 소리를 냈다.

한센병 환자들도 우리와 다르지 않다고 편견의 시각을 맹렬히 비난했던 나였다. 하지만 짝짝 박수가 아닌 투덕투덕 박수 소리에 나는 단번에 그들을 부정했다. 짝짝 박수 소리를 내는 스스로에 대한 안도감, 투덕투덕 소리에 고개 젓는 졸렬한 오만이 가슴에서 뱀처럼 똬리를 틀고 앉아 있었다.

나는 소록도의 주민들과 어떤 공감대도 형성하지 못한 채 일주일을 보낸 셈이다. 수없이 버림받으며 상처받았을 소록도 주민들에게 나는 찾아가 생채기를 입혔다. 소록도야말로 관계자 외 출입할 수 없는 섬이 되어야 하지 않을까. 그들의 편안한 행복을 우리는 자꾸 짓밟고 있다. 나을 수 없는 불치병을 앓고 사는 한센병 환자들을 보며 현대의학의 한계를 실감하게 되었다.

'저주받은 병'이란 이름으로 주홍글씨를 달고 사는 소록도 주민들을 바라보며 의사라는 직업에 대한 신뢰를 잃었다. 하지만 지금 병원 생활을 하며 신의 자리로 군림하는 그들을 본다. 전지전능한

신에게 애원하듯 환자와 그의 가족, 사랑하는 애인, 절친한 친구, 그 외 수많은 관계자들은 의사의 손을 붙들고 구걸하듯 말한다. "선생님! 제발 살려만 주세요." 마치 의사의 메스에 목숨줄이 달려 있는 듯 처연한 눈망울로 그들을 바라본다. 100대 의료인으로 선정된 그는 전지전능한 신의 영역에 발을 들인 것이다. 장인어른께 사다 드릴 죽이 식어가는 줄도 모르고 나는 병원 안의 풍경만을 고요히 눈에 담고 있다. 100병동의 이름은 100대 의료인에서 따온 것이라고 한다. 그만큼 실력 있는 의사들이 많음을 증명하기 위한 것이었다. 아내의 추측은 틀렸지만, 같은 소망을 품은 사람들은 오늘도 똑똑, 100병동의 문을 두드린다.

12절

각 사람이 모두 다 죽으매 애통하기 그지없고 병원의 관계자들 또한
서럽기는 한가지라 나의 마음은 더욱 완악해져 내 삶을 이리 어렵게 하는
이유를 신께 따져 묻고 싶을 뿐이더라

병동 풍경

병원 생활에 익숙해지기

　　　　　　　　　아내를 보내고 우울감이 몰려온 내게 풍경처럼 좋은 동무는 없다. 스산한 날씨 탓인지 한잎 두잎 떨어지는 나뭇잎이 적적하게 느껴진다. 맥없이 나부끼는 나뭇잎을 따라 시선을 옮기니, 멀리 한 무리의 사람들이 피켓카드를 들고 줄지어 병원 입구에 서 있다. 유치원생으로 보이는 어린아이가 어머니의 검은 상복 속에 파묻혀 눈만 빼꼼 내밀고 있다. 너무 어린 꼬마 아이는 존재만으로도 아버지의 죽음을 더욱 가슴 아프게 만든다.

　창문에 바짝 다가가 바라보아도 뒤집어쓴 진녹색 군밤장수 모자와 커다란 마스크 덕분에 꼬마가 여자아이인지 남자아이인지 구분이 가지 않는다. 그저 꼬마답지 않게 추위와 맞서 싸우며 자리를 지키고 있는 것이 안쓰러울 따름이다. 허리 디스크를 수술하다 남편이 죽었다며 도와달라는 문구를 들고 파란 마스크를 한 채 일가족이 시위하고 있다. 두툼한 옷으로 무장한 그들은 오랜 시간 투쟁을 약속한 듯 보였다. '수술실로 걸어 들어가 잠들어 나왔네.'라는 환장할 문구가 피켓을 가득 수놓고 있다. 노란 바탕에 붉은 활자는 한눈에 시선을 사로잡았다. 이미 고인이 된 환자의 관계자들은 참담한 마음으로 추위를 이겨내며 싸우고 있다. 불현듯 의구심이 인다. 그들은 누구를 상대로 싸움을 하는 것일까? 촌수조차 매길 수 없는 남편을 떠나보내고 졸지에 미망인이 된 아내는 남편의 죽음과 관련한 사람을 과연 만날 수 있을까.

하얀 흑인이 떠올랐다. 백화현상이 일어나는 알비노증에 걸린 사람들. 탄자니아에서는 하얀 흑인들의 신체가 주술에 이용된다. 팔이나 다리 등 신체의 일부를 땅속 깊이 묻으면 돈을 많이 벌 수 있게 된다는 괴소문이 떠돌자 잔인한 인간들은 알비노를 앓고 있는 가엾은 환자들을 향해 거침없이 칼을 들었다. 난데없이 집 안에 괴한들이 침범해서 사지를 잘라가는가 하면 벌건 대낮에 길거리조차 가엾은 그들의 안전을 보장해주지 못한다.

멜라닌 색소를 만들어 내지 못하는 하얀 흑인들은 병자로 분류되기보다는 주술사의 재물로 취급된 것이다. 백반증을 앓고 있는 그들의 팔과 다리를 절단해 주술사에게 바치기 위해 날카로운 칼을 쥐였다. 돈의 노예가 되어 주술을 외는 그들을 향해 알비노는 유전

126

적인 질병이라고 설명해봐야 무지한 그들에게는 소용없는 일이었다. 알비노 환자들은 두 다리가 있어도 자유롭게 걷지 못했으며 함께하고 싶은 가족과도 강제적으로 떨어져야만 했다. 하얀 흑인들은 정부의 보호를 받으며 구역 내에서 안전을 확보 받았지만 비좁은 공간은 사실상 감옥과 다름없는 곳이다. 행운을 가져다준다는 동물원의 흰 사자처럼, 부를 상징한다는 흰 거북이의 박제처럼 알비노 환자들은 그들만의 새장에 갇혀버렸다. 강제 수용소 신세에 처해진 그들은 인간의 권리를 박탈당한 채 자유로운 바깥 풍경을 부러운 듯 바라보며 산다. 그들에게도 하나님은 존재하시는 걸까? 무소부재, 전지전능한 주님께서 왜 그토록 억울한 사람들을 구원해주지 않으시는 걸까?

주님, 어찌하여 우리 가족에게 이런 시련을 주십니까. 아내에게만은 이런 끔찍한 아픔을 피해갈 수 있도록 하셨어야 합니다. 당신의 말씀에 무조건 순종했던 아내에게 이런 시험에 들게 하신 이유를 도저히 알 수가 없습니다. 나는 그 온전하지 못한 당신의 사랑이 너무도 싫고 밉습니다. 이 순간에도 기도하고 있을 아내가 가엾고 불쌍할 뿐이라구요.

조용한 병원에 쩌렁쩌렁 확성기 소리가 울려 퍼진다. "내 아들을 살려내라!" "내 남편을 돌려놔라!" 유독 귀에 들어오는 꼬마의 "우리 아빠를 다시 살려주세요."라는 육성이 비수가 되어 박힌다. 꼬마는 씩씩한 사내아이였다. 비겁한 관계자는 그들의 거센 항의에도 얼굴을 비치지 않았다. 수술방에서 그날 어떤 일이 일어났던 걸까? 관계자만이 아는 진실을 그들은 밝히지 않고 확성기 가득 울리는 음성은 고독하게 병원을 떠돈다.

그때였다. 차분한 음성의 안내 방송이 울려 퍼진다. 저희 병원을 사랑해주시는 여러분께 진심으로 감사드립니다. 병원 내의 소란을 정말 송구스럽게 생각합니다. 병원 관계자들은 조속한 해결을 위해 힘쓰고 있으며 사건의 진상을 바르게 파악하여 해결할 것을 약속드립니다. 감사합니다. 고객님의 건강을 위해 더욱 힘쓰는 병원이 되겠습니다. 얼굴 없는 그녀는 나긋나긋한 음성 하나로 환우들을 잘 설득하고 있다. 문밖을 내다보니, 추위에 지친 꼬마가 손을 비벼 귀에 가져다 댄다. 녀석은 작은 온기로 몸을 녹이며 녹록지 않은 세상에서 억울하지 않게 살아가는 법을 배우는 중이다. 만약, 아내가 살아 있었더라면 아내는 밖으로 나가 아이를 꼭 껴안아주었을 것이다.

누가 보아도 명백한 의료과실이 인정되는 하이힐의 그녀는 세상을 향한 외침의 현장에서도 굽이 높은 신발을 신고 시위를 해야 하겠지. 사분사분 걸음을 딛으며 농성을 할 때, 사람들은 그녀의 억울한 소송에 귀 기울이기보다는 매끈하게 뻗은 다리에만 눈길을 줄지 모른다. 장인어른의 곁에 머물면서도 나는 자꾸 병원 안의 좀 더 딱한 처지들만 찾고 있다. 그들의 불행을 보며 마음의 위안을 찾는 중이다.

병원 지하에는 기독교인들을 위한 작은 예배당이 마련되어 있다. 나는 그 곳에서 시위를 하던 꼬마 아이를 만났다. 아버지가 돌아가신 마당에도 예배 시간을 기억하고 지킬 수 있다는 것이 놀라웠다. 주님은 저 아이의 기도만은 꼭 들어주셔야 한다고 생각했다. 이미 병원에서 유명인사가 된 꼬마에게 사람들은 물었다. 아빠를 위해 기도하러 왔니? 네! 아빠를 위해 하나님께 기도했어요. 하나님이 뭐라고 하시든? 노파가 물었다. 물론, 제 기도를 들어주실 거예요! 늘 그러셨거든요. 변함없는 아이의 사랑에 마음이 뭉클했다. 아버지의 죽음과 무관하게 아이는 여전히 하나님의 사랑을 의심하지 않았다. 왜 어린아이와 같지 않으면 천국에 들어오기 어렵다고 하셨는지 알 것 같다.

13절

아내의 거처가 궁금한지라 그녀가 천국 백성이 되었기를 바라나
마음뿐이요 여전히 도사리고 있는 의심의 마음 또한 크니라 물으려거든
물라 하시니라 허나 답을 들을 용기가 없는지라

병원 생활에 익숙해지기

두 번째 이별

장인어른은 별반 차도가 없었다. 극한 고통을 호소하셨지만, 마약성 진통제를 처방받기는 끝내 거절하셨다. 담당의도 절레절레 고개를 흔들었다. 통증의 강도를 알고 있는 그는 장인어른이 삶을 포기한 듯 보인다고 귀띔해주었다. 딸아이가 죽기 전까지 물고 있던 것이 마약성 진통제 성분이 든 막대사탕이었다며 그걸 목구멍으로 넘기고 살아갈 이유가 없다고 하셨다. 장모님께서도 남편이 어딘가 아프다는 것은 어렴풋이 짐작하고 있는 눈치였다. 알고 싶지만, 정작 알게 될까 봐 차마 묻지 못하셨을 것이다. 감춘 진실을 알게 되었을 때, 감당할 자신이 없으셨으리라.

일주일에 두어 번 병원에서 나와 집에 간다고 해도 병색이 짙은 모습은 숨길 수 없었고, 의료적 처치를 받기 위해 다시 병원에 바삐 돌아와야 하니 눈치가 아무리 없는 사람도 않는다는 것쯤은 눈치채고도 남을 것이다. 눈 밑에 짙게 드리운 다크서클은 꼭 저승이 가까운 사람의 징표 같았다. 장모님은 꼬치꼬치 내게 따져 묻는 대신, 새벽마다 성경책을 끼고 새벽예배를 가셨다. 병든 딸을 위해 기도하던 장모님은 이제 병든 남편을 위해 신실한 마음으로 기도하실 것이다. 어렴풋이 느껴지는 남편의 마지막이 부디 평안하기를 장모님은 기도하실 것이다. 순간, 나는 의구심이 들었다. 당신의 딸이 바늘을 삼키고 처절하게 마지막을 맞이하신 걸 아시더라도 신을 향해 기도하실 수 있을까? 그래도 마지막 순간, 아내의 천국행을 향해 무릎을 꿇었던 나처럼 장모님도 기도하시려나? 어째서 신은 우리 가정에 감당하기 벅찬 시련을 주시는가.

하지만 병든 남편을 감당할 자신이 없는 장모님께서는 그저 모른 척, 사위인 나에게 모든 것을 맡기고 싶은 눈치였다. 딸아이를 보내고 몸도 마음도 약해져버린 장인어른과 장모님은 하루하루 의미 없고 재미없게 시간을 보냈다. 틈틈이 가고 없는 아내의 사진을 모아둔 앨범을 보고 기념일에 찍은 동영상 따위를 보여달라고 청하셨다. 도무지 실감 나지 않는 죽음 앞에서 두 분은 빠르게 늙어갔다. 살아서 만날 수 없다면 죽는 것도 나쁘지 않겠다고 말했고, 죽어서는 볼 수 있느냐고 물었다. 천국에 가면 만날 수 있다는 것을 의심하지 않았고 딸을 만나기 위해서라도 천국에 가야 한다고 생각하는 듯 보였다.

결국, 장인어른은 오래 살지 못하고 세상과 작별하고 말았다. 장인어른의 임종 순간은 나만 홀로 곁을 지켰다. 내 손을 꼭 쥐고 남은 식구들을 잘 부탁한다고 주문처럼 거듭 말씀하시고는 눈을 번히 뜨고 세상과 작별하셨다. 무언가 보이는 듯 헛발질을 하며 휘이휘이 손을 저었다. 나는 아무 걱정 하지 마시고, 편안하게 가시라고 귀에 속삭여드렸다. 자식을 가슴에 묻은 아버지는 그렇게 아내 곁으로 서둘러 떠나셨다. 아내를 보내고 나서 장인어른은 삶의 희망을 놓아버렸는지도 모른다. 아내가 약한 마음을 갖지 않도록 스스로를 단속하며 위태로운 생의 끈을 이어갔을 것이다.

어쩌면 장인어른은 죽기 살기로 버티고 사셨던 것일지 모른다. 아내를 위해 마지막 있는 힘을 다해 살아내고자 노력하셨을 것이다. 여기서 무너져버리면 아내도 떠난다는 것을 아셨을 것이고, 아내의 죽음은 당신의 생을 포기하고 싶게 만들었을 것이다. 병든 식구를 돌보면서 힘들었던 자신은 아무에게도 폐를 끼치고 싶지 않았을 것이다. 서둘러 떠나는 것이 남은 식구들을 위하는 길이라고 여기셨을 것이다. 지금쯤은 장인어른도 아내를 만나 독하게 죽음을 택한 진실을 알게 되었을까.

아내의 마지막 유언을 잘 받들고 싶었고, 조금 더 전문적인 지식을 가지고 아버지를 모시고 싶었던 나는 요양보호사 자격까지 취득했는데 장인어른은 세상을 떠나셨다. 나만 덩그마니 100병동에 남겨두고 장인어른마저 가버리신 것이다. 딸아이에게만 할아버지의 죽음을 알렸다. 차마 장모님께는 남편의 죽음을 전할 수 없었다. 언젠가 말씀드릴 날이 있을 것이다. 최대한 시간을 벌고 싶은 것이 솔직한 마음이었다. 죽음 이후, 남겨진 자의 삶의 무게가 얼마나 무거운지 너무도 잘 알고 있는 까닭이다.

친척들은 나를 딱하게 여겼다. 줄초상을 치르느라 고생이 많다며 어깨를 토닥여주었다. 나는 도무지 생시라고는 믿어지지 않는 죽음들을 보면서 인생이 허무하게 생각되었다. 진통제만 주렁주렁 달고 있다가 죽어버린 딸을 끝내 아버지는 가슴에만 묻을 수 없으셨던 것이다. 자신이 떠나고 나면 부모님이 오래 살지 못할 거라는 걸 아내는 알고 있었던 듯싶다. 떠나는 순간까지도 가족에 대한 염려를 놓지 않았을 아내의 모습이 그려졌다.

두 번째 장례식은 좀 더 여유가 생겼다. 조문 오는 사람들을 맞이하는 데도 여유가 생겼고, 식대와 음료수, 맥주 값을 찬찬히 따져 알아보기도 했다. 100세 시대라며 수명 연장을 꿈꾸는 시대지만 그것은 건강하게 가정이 유지될 때의 이야기다. 사랑하는 금쪽 같은 딸을 잃고 100세를 꿈꾸는 부모는 세상천지, 어디에도 없다. 아내는 100병동이 100세까지 수명을 책임져줄 것이라 믿었지만 100병

다시, 100병동

동은 남은 꿈이 하얗게 꿈이 소멸하는 공간이다.

입관하는 날, 장모님이 찾아오셨다. 딸아이가 할머니께 할아버지의 죽음을 알려드린 것이다. 나보다 훨씬 용기 있는 아이다. 작별하는 시간을 마련해드리지 않으면 그것이야말로 불효를 저지르는 것이라며 하늘나라에 있는 엄마도 원치 않으실 것이라는 게 아이의 지당한 의견이었다. 곧 따라가겠다는 말로 장모님은 남편을 보내드렸다. 조금만 기다려달라고 하늘나라에 가서 편안히 지켜봐달라고 장모님은 덤덤하게 말씀하셨다. 바로 곁에 있는 사람에게 이야기하듯 나직한 목소리로 이야기했다. 목소리에 드문드문 슬픔이 서려 있었지만, 요란스럽게 슬프지는 않았다.

가족이 두 명이나 떠나버린 100병동, 삶으로 생성된 것들이 차츰 죽음으로 사라지는 공간이다. 나는 아내와 장인어른을 보내고도 병원에 남았다. 같은 병실을 썼던 김 노인의 간병을 자처했기 때문이다. 평소 장인어른과 사이좋게 지내셨던 외로운 김 노인의 마지막을 지켜드리고 싶다. 하지만 아직은 계약이 남은 김 노인의 중국인 간병인이 그를 케어하고 있다. 그가 마음 편하게 떠날 수 있도록 후임 자리를 자원하고 나선 것이다. 누군가를 위해 봉사하는 삶이라도 살지 않으면 당장을 견뎌낼 자신이 없었다. 병든 아내와 함께하면서, 내 손길과 도움이 필요한 장인어른을 모시면서 나는 지칠 대로 지쳐 병원이라면 지긋지긋했다. 진하게 퍼지는 소독약 냄새도 싫었고 병원 밥만 봐도 신물이 올라왔다. 그런 내가 100병동에 남기를 자처하는 이유를 나도 잘 모르겠다. 당장 정신을 팔 무엇인가가 절실하게 필요했다면 합당한 이유가 될 수 있을까.

마음으로 그를 모셨던 중국인 간병인은 자신이 떠난 후, 홀로 남게 될 김 노인을 시시때때로 걱정했다. 나 또한 그 마음에 동해 100병동을 떠나지 못하는 것이다. 아직은 가족이 떠난 병원에서 남아 내가 수습해야 할 일이 있다. 아내와 장인어른에게 못다 베푼 남은 사랑이 있는 까닭이리라.

14절

사랑하는 사람이 자꾸만 떠나매 삶이 더욱 고단하고 딸아이 대답하되
우리는 왜 자꾸 슬프나이까 묻고

다시, 100병동

김 노인의 떠남

김 노인은 이상하리만치 목욕을 시켜달라고 징징댔다. 기온이 뚝 떨어진 날씨에 씻겨달라고 칭얼거리자 중국인 간병인은 퍽 난감한 표정을 지어 보였다. 날씨가 추우니 내일 씻자고 김 노인을 살살 얼러보았지만 김 노인은 꿈쩍도 하지 않았다. 평소에는 얌전했던 김 노인이 물러서지 않고 씻겨달라고 칭얼거리자 중국인 간병인은 마지못해 목욕용품을 챙겼다. 평소에 하지 않던 행동을 하는 김 노인이 퍽 생경스러웠다. 김 노인이 좋아하는 그윽한 유자 향이 나는 샴푸도 챙기고 새로 장만한 트리트먼트까지 꼼꼼하게 챙기는 모습이 퍽 보기 좋았다. 대충 눈 가리고 아웅 하는 식으로 노인을 돌보는 사람들은 그들의 취향에는 전혀 신경 쓰지 않는다. 대충 씻기고, 단지 목욕을 시킨 것에만 의미를 두는 경우가 많다.

중국인 간병인은 나름 성실한 사람이었다. 김 노인의 말도 잘 받아주었고 꼬박꼬박 시간에 맞추어 약을 챙겨 먹였다. 말투가 사분사분하지는 않았지만 늘 김 노인의 이야기를 귀담아 들어주었다. 식후 삼십 분을 지켜 약을 먹이기 위해 꼬박꼬박 알람을 맞춰놓았다. 당뇨를 앓고 있던 김 노인에게 투여되는 지속형 인슐린 용량도 정확하게 요양일지에 적는 중국인 간병인을 탐내는 보호자들이 늘어날 만큼 잘 보살펴주었다. 꼼꼼한 성격답게 바디로션까지 빼놓지 않고 챙겨 병실을 나섰다.

자신의 바람대로 목욕을 하게 된 것이 신이 났는지 김 노인의 표정은 마치 아이처럼 해맑아 보였다. 김 노인은 중국인 간병인이 끄는 휠체어에 몸을 의지한 채 유유히 병실을 빠져나갔다. 그것이 김 노인의 마지막 모습이었다. 목욕을 마치고 드라이로 머리카락을 말리던 중 김 노인은 허망하게 세상과 작별한 것이다. 스르륵 잠이 드는 줄로만 알았단다. 요즘 통 기력이 없긴 했지만, 자신이 요청한 대로 목욕하는 것이 기분 좋아진 김 노인은 제법 말도 많이 했다며 전혀 죽음을 예감하지 못했다고 했다. 말끔하게 씻는 중에 드문드문 고맙다는 인사를 하길래, 다시는 안 볼 사람처럼 인사치레는 왜 하시느냐 말을 받았는데 그것이 자신의 죽음을 알고 한 행동 같다며 딱하게 여겼다.

김 노인이 그토록 기다리던 자식들은 김 노인의 임종을 지키지 못했고, 중국인 간병인만이 꿋꿋하게 곁을 지켜주었다. 중소기업 대표로 일했던 김 노인은 부드러운 인상을 가졌다. 풍을 맞고 쓰러진 후, 지극정성으로 김 노인을 보살폈던 마누라가 세상을 먼저 떠나고 자식들에게 뒤퉁거리가 된 김 노인은 100병동에 맡겨지게 되었다. 100병동에 머무르면서도 늘 깔끔하게 자신을 가꾸고 싶어 했던 김 노인이다. 샤워실을 가장 많이 사용했으며 병원에 있어도 스킨로션은 꼬박꼬박 바르며 환자 티를 내지 않으려고 노력했던 김 노인이었다.

김 노인에게는 두 아들이 있었지만, 집문서와 경영권을 넘겨주고 보험으로 약관대출까지 받아주자 큰아들이 먼저 발길을 끊었다. 작은아들은 그 후로 몇 번 더 찾아왔지만, 아버지를 위한 만남은 아니었다. 잠시 머무는 것도 답답해하며 서둘러 병실을 떠났고 때가 되면 그의 운전기사가 성의 없는 선물 세트를 들고 병실을 찾았다. 김 노인은 그런 아들을 나무라지 않았다. 차라리 오지 않는 것이 서로 마음 편하다는 맘에 없는 소리를 뱉어내기도 했다. 하지만 병원에서 제공되는 식사에 맛있는 반찬이 오르면 우리 첫째 아들이 잘 먹는 것인데……, 라며 말끝을 흐렸고, 비릿한 생선이 올라오면 작은 아들이 자신의 수저 위에 고등어 살을 발라주던 풋풋한 순간을 어제를 회상하듯 말하곤 했다. 품 안의 자식일 때가 좋았다며 김 노인은 두 아들을 그리워했지만 살아서는 만나지 못하고 떠났다.

  김 노인은 정말 자신의 마지막을 예감했던 것일까? 목욕을 원했던 김 노인의 신통한 이야기를 사람들은 한참 동안 떠들어댔다. 허나 그보다 더 화제가 된 것은 중국인 간병인의 대담한 태도였다. 그는 뻣뻣하게 굳어가는 김 노인을 서둘러 눕히고 사후 경직이 일어나기 전에 반듯하게 잘 뉘었으며 마지막까지 탈탈 털어가며 젖은 머리카락을 말려주었다고 했다. 떠나는 김 노인의 귀에 대고 편안하게 가시라는 인사를 전하며 다시 태어나셔서는 외롭지 않게 살다 가시라고, 자식들이 곧 도착할 것이니 편안히 보고 가시라며 진심 어린 작별 인사를 했단다.

  중국인 간병인은 차마 감지 못한 김 노인의 번히 뜬 눈을 감겨주었다며, 병실 안의 사람들은 그가 자식보다 낫다고 칭찬했다. 형편이 넉넉한 김 노인의 큰아들은 시내 대학병원으로 김 노인의 시신을 운반했고 병원을 빠져나가는 마지막 순간에도 작은아들은 코빼기도 뵈지 않았다. 떠날 것을 예감한 듯 말끔하게 목욕을 하고 김 노인은 황천길로 떠나버렸다. 자신의 육신을 씻고 저승길을 간 김 노인은 마지막까지 자식들 고생시키지 않으려고 평소답지 않게 칭얼거린 거라고, 사람들은 빈 침대를 보며 김 노인을 추억해주었다. 든 사람은 몰라도 난 사람은 안다고 김 노인이 떠난 자리는 유난히 헛헛했다.

다시, 100병동

그 후, 중국인 간병인을 본 적은 없다. 오랫동안 김 노인을 간병했던 그에게 김 노인의 죽음은 자식들보다 서글픈 것일지 몰랐다. 안심하고 병든 부모를 위탁하고 싶은 자식들은 중국인 간병인을 애타게 수소문했지만, 그의 행적을 찾을 수는 없었다. 김 노인의 사망이 그에게는 큰 충격이었을 것이다. 부족한 것 없이 채워주었지만, 그는 김 노인을 더욱 잘 보필하지 못한 것을 자책하고 있을지 모른다. 중국인 간병인이라면 그런 마음을 가질 수 있다는 생각이 들었다.

나는 차마 100병동을 떠나지 못하고 요양이 필요한 어르신들에게 도움을 주는 일을 하고 있다. 병원과 요양원을 드나드는 것은 나의 업무이기 때문에 100병동에 맡겨지는 어른들이 늘어나는 것을 반대할 이유는 없다. 하지만 병원에 위탁되는 노인들이 가파르게 증가하는 추세를 두 손 들고 반길 수만도 없는 건, 돌봄의 인력이 그만큼 충원되고 있지 못한 까닭이다. 대리운전을 해서 돈을 벌어야만 돌봄 서비스를 신청할 수 있는 것이 아직은 우리가 처한 현실이다. 어쩌면 나는 100병동에 남아 봉사하는 삶을 살면서 아내에게 용서를 받고 싶은 것인지도 모른다. 이곳에 남아 환우들과 같이 생활하면서 장인어른께 진 마음의 빚을 갚고 싶은 것인지도 모를 일이다.

나는 지금도 중국인 간병인의 안부가 궁금하다. 큰 인연이 아닐

수도 있는 김 노인을 위해 마음을 나누어주었던 고마운 사람, 그는 어디에 있든지 누군가에게 따뜻한 손을 내밀어주며 착한 마음으로 살고 있을 것이다. 나는 중국인 간병인을 통해 타인과 공감하는 삶의 자세를 배울 수 있었다.

15절

첫째도 믿음이요 둘째도 믿음이요 셋째도 믿음이라 한즉 그 말이 무척이나 어렵더라

142
다시, 100병동

차마 죽지는 않는

뇌수종을 앓고 있는 박 할머니는 최근 기억력이 현저하게 떨어지고 있다. 매일 보는 나의 얼굴도 전혀 알아보지 못하고 새로운 사람을 대하듯 늘 반가워하신다. 자신의 즐거웠던 어린 시절로 돌아가 박 할머니는 내게 '아저씨'라는 호칭을 쓰며 꼬박꼬박 존댓말을 건넨다. 할머니 목에는 폴더형 이동전화가 걸려 있지만 통화연결은 되지 않는다. 하루에도 열댓 번 막내딸에게 전화를 걸어대자 막내딸이 발신을 정지시켜놓기 때문이다. 슬하에 육남매를 둔 박 할머니는 막내딸 외에 찾아오는 사람이 없다. 위로 오 남매는 사는 게 팍팍하다고 했다. 그나마 형편이 나은 막내딸이 박 할머니의 병원비도 대고 있고 주말마다 남편과 찾아와 얼굴을 들여다보고 간다. 상태가 점점 안 좋아지는 박 할머니를 보며 젖은 한숨을 쉬지만, 집으로 모실 여력은 되지 않는 듯하다.

발신을 정지시킨 막내딸이 야속하기는 하지만 막내딸도 자신의 생활이 있을 것이다. 직장 생활도 해야 하고, 개인의 사생활도 있을 것인데 툭하면 전화를 걸어 이상한 소리만 해대는 어머니를 계속 받아주긴 힘들었을 것이다. 하지만 절절한 사랑을 그렇게 외면해버리는 것이 옳은 일인지는 생각해봐야 한다. 자신이 찾고 싶을 때면 전화를 걸어 안부를 묻는 것이 진짜 효도는 아닐 거란 생각이 든다. 막내딸도 얼마 지나지 않아 아무리 전화를 해도 받지 않는 어머니와 마주하게 될 것이다. 뒤늦게 얼마나 가슴 치며 후회를 할까.

남겨진 내 삶을 책임질 누군가가 있다면 그 사람은 정말 행복한 사람이다. 아내가 나의 청혼을 받아들이고 결혼을 승낙했던 순간이 떠올랐다. 남은 시간을 맡겨도 될 만큼 든든한 믿음을 주었다는 것이 아내가 결혼을 결심한 이유였다. 내가 나이 들어서 늙어 병들었을 때 나의 모든 것을 맡길 수 있는 사람일까 생각해봤어. 당신이라면 나를 온전히 맡겨도 되겠다는 생각이 들지 뭐야. 당신과 결혼하고 싶어. 당돌하게 이야기하는 아내가 너무 예뻐서 와락 끌어안았던 기억이 난다. 하지만 나는 아내에게 그다지 신뢰 있는 사람이 되어주지 못했다. 아픈 아내를 두고 남을 내 삶의 질을 생각했으며, 차라리 아내가 떠나주기를 바랐던 못난 사람이다. 아내는 남겨진 모든 시간을 걸고, 신중하게 나를 택했지만 지금 와서 생각해 보면 아내의 생각이 옳았다고 할 수 없다.

막내딸이 떠나는 순간부터 박 할머니의 기다림은 시작된다. 몇 밤을 자야 막내딸이 오느냐고 묻고 또 물으며 지루한 하루하루를 사는 박 할머니, 자신의 품 안에서 보듬어 키운 오남매는 어디로 증발한 것일까. 아무리 사는 게 힘들어도 그렇지 일 년에 한 번은 찾아와야 하는 것 아니냐며 병실 사람들은 쑥덕거렸다. 다른 보호자들이 찾아와서 나누어주는 과일이며 사탕 같은 간식거리를 박 할머니는 먹지 않고 모았다가 막내딸에게 주었다. 아끼지 않고 모아둔 것이라며 맛있게 먹으라고 뿌듯한 미소를 지어 보이며 항상 막내딸의 손에 꼭 쥐어주었다. 애틋한 박 할머니의 사랑을 아는 막내딸은 주말이면 꼬박꼬박 잊지 않고 박 할머니를 찾았지만, 지난 주부터는 소중한 자신의 딸을 알아보지 못했다. 뉘신데 나를 그리 빤히 바라보시는가요? 조심스럽게 막내딸의 얼굴을 살피는 박 할머니의 경계심이 가득 서린 눈을 딸은 눈물이 맺힌 눈으로 바라보았다.

막내딸의 눈물에 마음이 움직였는지 하나하나 모아둔 간식 꾸러미를 넘겨주며, 우리 막내가 오면 줄라고 했는디! 이것 자시요! 라고 하며 인심 쓰듯 전해주는 박 할머니를 보며 그녀의 삶도 얼마 남

차마 죽지는 않는

지 않았음을 짐작했다. 박 할머니는 빠르게 쇠약해져갔고, 아마도 음식을 씹어 삼키는 방법을 잊은 듯 보였다. 계속 입안의 음식을 우물거리고는 있지만, 목구멍으로 삼키지 못했다. 신속히 영양제를 투여했지만 별 효과는 없어 보였다. 혈관을 찾기 어려운 박 할머니는 주사를 맞을 때마다 간호사들이 진땀을 뺐다. 막내딸이 찾아오는 주말까지 견디지 못한 박 할머니는 금요일에 쓸쓸히 눈을 감았다. 상태가 위중하다는 병원의 전화를 받고 막내딸은 부랴부랴 오고 있었지만 병든 노모는 그녀를 기다려주지 못했다. 자신의 모든 힘을 다해 딸을 기다리고 있었지만 늙고 병든 몸은 훌쩍 죽음의 문턱을 넘어버린 것이다.

딸이 문을 열었을 때, 박 할머니의 치워진 침대 자리만이 쓸쓸하게 그녀를 맞아주었다. 슬픔에 겨운 막내딸은 꺼억꺼억 눈물을 삼키며 어머니를 찾았다.

늙은 사람들이 많이 모여 있는 100병동은 늘 죽음이 공존하고 있다. 벌써 나도 이곳에서 두 명의 식구들을 가슴에 묻지 않았는가. 내가 지키려고 애썼던 가족이라는 울타리를 잃은 것만 같다. 이 허전함은 쉽게 사라지지 않는다. 타인의 아픔이 오롯이 전해지며 눈물이 맺혔다. 예전에는 이런 슬픔을 보아도 마음 아픈 정도였다. 하지만 내 일로 경험을 하고 나니 남 일 같지 않다. 가슴 시린 타인의 서러움도 오롯이 내 것이 되어 가슴이 아프다. 죽음 이후, 그들

146

이 감당해야 할 삶의 몫까지 생각하며 오래도록 서러운 감정에서 벗어나지 못한다.

　같은 병실을 썼던 사람들끼리 장례식장을 찾았다. 그윽한 국화 향이 장례식장을 그득 채우고 있었다. 살아생전, 인심을 잃지 않고 살았던지 조문객이 제법 많았다. 막내딸은 얼마나 많이 울었는지 눈두덩이가 퉁퉁 부어 있었다. 상복을 곱게 차려입은 육 남매를 내려다보면서 지금쯤 흐뭇하게 웃고 계실까. 부고를 듣고서야 모두가 한자리에 모였다. 살아생전, 함께 모여 어머니의 얼굴을 마주했다면 얼마나 좋았을까. 영정으로 마주한 얼굴은 곱고 예뻤다. 추레한 병원복을 입고 계실 때는 짓지 않던 온화한 미소를 띠고 조문객을 맞아주고 계셨다. 우리는 상주에게 공손하게 인사를 하고 하얀 국화꽃을 놓아드리고 좋은 곳으로 가길 간절한 마음으로 기도했다. 막내딸은 우리에게 육개장을 대접하며 와줘서 정말 감사하다는 인사를 잊지 않았고, 어머니와 함께해주셔서 그동안 감사했다며 울음 섞인 말로 고마움을 전했다. 살면서 드문드문 생각나는 어머니와의 기억에 앞으로 눈물을 흘릴 날이 더 많을 것이다. 장례를 치룰 때는 그나마 손님들을 챙기느라 정신이 없고, 상주가 결정해야 할 것들은 왜 이리 많은지, 혼이 쏙 빠진다. 장례가 끝나고 난 후, 그제야 외로움이 밀려들고 허전함이 찾아온다. 적어도 나의 경우에는 그랬다.

같은 병실을 쓰던 환우의 죽음은 모두를 힘들게 했다. 한동안의 침묵이 이어졌고, 사는 게 잠깐이라는 말로 우리는 드문드문 박 할머니를 추억했다. 박 할머니도 21그램의 가벼운 영혼이 되어 이곳저곳 찾아다니며 행복을 만끽하고 계실까. 죽은 아내는 죽으면 노랑나비가 되고 싶다고 했다. 향기로운 꽃을 찾아다니며 마음껏 하늘을 날아보고 싶다고 얘기했었다. 병을 앓으며 돌아다니는 것이 수월치 않았던 아내는 날개가 달린 것들을 부러워하는 듯 보였다. 신체적인 결박이나 다름없는 잔인한 통증 앞에서 아내는 날개를 갖고 싶어 했다.

죽은 아내에게 날개가 있다면 딸아이 학교로도 날아가고 장모님께도 날아가겠지. 자신의 마음을 잘 헤아려주지 않았던 남편은 찾아오지 않을 것 같다. 봄꽃을 유난히 좋아했으니까 산으로 들로 훨훨 날아다니며 좋은 세상을 마음껏 구경하고 있는지도 모르겠다. 죽은 아내가 자꾸 보고 싶어지는 요즘이다. 살아서는 다시 볼 수 없다는 걸 알면서도 자꾸만 만나고 싶다. 우울한 마음에서 벗어나야만 한다.

아내를 잊고자 바로 자격시험을 신청했다. 일이 바쁘고 정신이 좀 분산되어야 슬픔에서 하루빨리 벗어날 것만 같았기 때문이다. 남겨진 딸아이를 위해서라도 오래 슬픔에 젖어 있을 수만은 없었다. 요양보호사 자격증을 따는 수업이 어렵지는 않았다. 자격증을 제공해주는 기관에서는 양질의 수업을 제공해주었고 평소 노인복지에 대한 남다른 관심도 있었던 터라 지루하지 않게 학업에 전념할 수 있었다. 무언가 빠져들 것이 있다는 것은 타인의 죽음을 극복하는 데도 큰 도움이 되었다. 정신없이 삶을 살아가는 사람들은 무언가 잊고 싶은 사람들이라는 생각이 든다. 바쁘게 하루하루를 살아가면서 슬픔의 무게를 잊기 위해 노력하는 사람이리라. 내가 그렇듯이.

하지만 실습을 나가서 욕창 환자를 만난 순간, 나는 좌절했다. 뼈에 가죽만 입혀놓은 것처럼 흉물스럽게 말라버린 그를 뒤집자 진물이 가득 생긴 욕창이 그대로 시야에 들어왔다. 냄새 또한 역해서 나는 예의를 차려야 한다는 생각도 잊고 나도 모르게 코를 움켜쥐었다. 욕창이 생긴 환부에 먼저 소독을 하고 연고를 바르고 다시 욕창이 생길 수 있으니 자세를 바꾸어주어야 한다는 수업 내용은 전혀 귀에 들어오지 않았다. 지저분한 상처를 손으로 만져야 한다는 생각에 소름이 돋았고 나무토막처럼 말라버린 사람의 몰골을 보니 요양보호사 일을 하는 것이 일순간 자신 없어졌다. 살이 썩는 냄새는 상상했던 것보다 역한 것이었다. 욕창 밴드를 제거하자 누런 고름을 머금은 패드가 드러났고 그것을 말끔하게 제거한 후, 소독을 해야 했다. 나는 자꾸만 구역질이 올라왔다. 평소에도 비위가 좋은 편은 아니었지만 일에 적응하지 못할 정도로 비위가 약한 사람이라는 걸 처음 알았다. 나는 스스로를 알아가는 일에도 퍽 게으른 사람이었던 것이다.

죽음의 그림자를 드리운 사람의 얼굴을 대하는 것은 생각보다 버거운 일이었다. 경력이 있는 요양보호사가 앞에서 자연스럽게 실습 지도를 하였다. 가장 기본으로는 노인을 공경하는 마음을 가지는 것이 중요하다고 하시며, 세월은 신이 허락한 공평한 약속이라는 말씀도 잊지 않으셨다. 그는 일회용 장갑을 끼고 소독을 했고 후후 불어가며 아프지 않으시죠? 라고 물었다. 환부를 치료하면서 노인이 불안하지 않게 말을 건네는 것이 하나의 요령이라고 하며 안심하고 몸을 맡길 수 있도록 이끌어야 한다고 했다. 제법 편안해 졌는지 노인의 표정은 처음과는 달리 송장 같지는 않았다.

자신의 초라한 육신을 남에게 위탁할 수밖에 없는 그의 삶은 얼마나 불쌍한가. 나라고 저런 모습으로 늙지 말라는 보장은 없다. 딸아이도 나를 사랑하기는 하지만, 내가 병든 아내를 간호하며 부담을 느꼈던 것처럼 아이도 나를 불편하게 생각하고 멀리할 날이 올지도 모른다. 내일 벌어질 일을 그 누가 장담할 수 있겠는가. 딸 아이가 나의 욕창 밴드를 갈며 코를 움켜쥔다고 생각하니 벌써 눈 앞이 깜깜해진다. 물론, 몸을 가누기 힘든 정도가 되면 나도 포괄 간호병동을 이용해서 가족들의 도움을 최소한으로 받는 방법을 선택할 것이다. 하지만 인생은 내가 계획한 대로 굴러가지 않는다는 걸 나는 아내를 보내면서 깨닫지 않았는가.

하필이면 왜 아내가 그런 끔찍한 병에 걸려야 했을까. 처음에는 참 운이 없는 사람이라는 생각이 들었고, 그래서 그녀가 불쌍했다. 하지만 점점 못된 마음이 커지면서 지지리 재수가 없는 사람이라는 생각이 들었다. 행여나 나에게까지 그 불행이 옮겨오지는 않을까 염려되는 마음이 들었던 것도 사실이다. 아픈 아내를 두고 이렇듯 나쁜 생각을 품었던 것이 얼마나 후회되는 일인지 모른다. 사랑하기만 해도 부족한 시간에 나는 원망하고 미워하며 많은 시간을 허비해버렸다.

드문드문 살면서 나는 죽은 아내가 생각난다. 고정된 자세로 움직이지도 못하며 사는 인생은 실상 얼마나 가여웠던가. 나는 집으로 돌아오는 내내 요양보호사라는 일이 녹록지 않은 일임에 망설였다. 지금까지 이수한 시간이 아까워서라도 이 일을 해내고 싶다는 욕심도 있었지만, 마음 한구석에서는 어차피 할 수 없는 일이라면 관두는 것이 낫다는 생각도 했다. 어쩌면 나는 아내에게 속죄하는 마음으로 내 몸이 힘들고 정신이 편치 않은 일을 자꾸만 고집하는지도 모른다. 바늘을 삼킨 아내를 생각하면 나는 목구멍이 따끔거려 통 잠을 이룰 수가 없다. 몸이 고달픈 일을 하는 동안은 노동에만 집중할 수 있다는 것도 나쁘지 않은 일이다.

아내는 내 마음속에 남아 차마 죽지 않는다. 아내와 관련한 모든 일에서 나는 결코 자유로울 수가 없다. 아내와의 추억은 어떤 상황과 장소에서도 불쑥불쑥 생각날 것이고, 그때마다 나는 내 몫으로 주어진 죄책감에서 벗어날 수 없을 것이다. 아내에 대한, 남은 이야기들은 숙명처럼 짊어지고 가야 할 나의 짐이라 생각한다.

16절

더딘 걸음으로 무거운 짐을 지고 걸으니 마음이 고단하고 낡는지라
새 노래를 들어도 기쁨이 없으니 아직도 부족한 믿음인지라 마음은
여전히 어지럽고 서러움만이 그득하니 아내는 기다려도 돌아올 수 없는
사람이더라

152
다시, 100병동

차마, 떠나지 못하는

똥구린내가 가득 퍼져 있다. 아마도
윤 할머니가 실수를 한 모양이다. 실수라는 표현은 올바르지 않다.
수시로 있는 일이기 때문이다. 하지만 윤 할머니 본인이 늘 실수라
고 외치고 있기에 우리는 암묵적으로 그녀의 용변을 실수라고 표
현해준다. 참을 수 없을 만큼 역한 똥구린내가 풍기지만 언제부턴
가 그녀를 나무라는 사람들이 줄어들고 있다. 하루아침에 생사를
오가는 사람들을 대하며 자신의 주어진 생도 장담할 수 없다는 걸
배우고 있는 까닭이다. 안절부절하며 제법 공손하게 실수를 했어
요, 하고 말한다. 앞으로도 계속 그녀는 실수를 연발할 것이다. 어
쩌면 맑은 정신이 아닌 것이 오히려 당사자의 입장에서는 마음 편
한 일일지도 모른다.

자신의 의지대로 괄약근에 힘을 줄 수 없게 된 윤 할머니를 두고 의사들은 이제 사실 날이 얼마 남지 않았다고 말했지만, 하늘이 허락한 윤 할머니의 수명이 좀 더 남아 있는지 죽지 않고 살아 있다. 똥을 치우는 간병인을 향해 앞으로는 실수하지 않을게요, 라는 뜻대로 되지 않는 약속을 전한 윤 할머니는 들릴 듯, 말 듯한 목소리로 이제 때가 되었으니 가야 하는데, 죽는 것도 맘대로는 안 되네, 라고 중얼거린다. 윤 할머니는 운이 좋은 사람이었다. 구하기 힘든 한국인 간병인을 구했기 때문이다. 한국인 간병인을 구하는 것이 쉽지 않은 요즘, 한국인 간병인을 둔 윤 할머니를 부러워하는 사람이 많았다.

그녀는 능숙하게 물티슈를 꺼내 엉덩이를 닦았고 아기에게 기저귀를 채우듯 성인용 패드를 꺼내 윤 할머니에게 채워주었다. 그녀의 뒷모습을 보고 윤 할머니는 말했다. 전생에 무슨 죄를 지어 나 같은 늙은이를 돌보며 살게 되었누. 나라를 팔아먹었나 보죠! 그녀는 자신의 대답이 재밌는지 혼자 깔깔 웃어댔다. 가벼운 농담으로 윤 할머니를 편안하게 만들어주는 것이 그가 가진 재주 중 가장 빛나는 것이었다. 나는 속으로 생각했다. 나는 나라를 팔아먹는 것보다 더 큰 죄를 지어 이렇듯 불편한 마음으로 세상을 살고 있구나.

요양보호사 일을 하면서 나는 종종 돌아가신 어머니 얼굴을 떠올리곤 했다. 교통사고로 왼쪽 다리를 잃은 어머니는 환상통을 앓았다. 잘려나간 왼쪽 다리의 통증을 끊임없이 호소하며 왼쪽 다리가 뻐근하다고 했고, 뒤꿈치의 감각이 영 둔하다며 좀 툭툭 때려보라고 했다. 도저히 받아들여지지 않는 현실에서 어머니는 서서히 미쳐가고 있었다. 사고 현장에는 방범용 CCTV가 설치되어 있었지만, 뺑소니 차량을 검거하지 못했다. 보이지 않는 눈은 낡고 오래되었을 뿐만 아니라 촬영 범위도 넓지 못해 차량의 번호조차 식별하지 못했다. 왼쪽 다리를 잃은 덕분에 우리는 어머니의 사고 보상금을 수령할 수 있었다. 궁핍한 형편에 억대의 돈이 생겼지만 하나도 기쁘지 않았다. 목숨값으로 받은 것이나 다름없는 돈을 받고 기뻐할 가족은 없다.

보상금을 수령한 이후, 어머니는 예전의 자상함을 잃고 가족을 감시하기에 바빴다. 귀가가 늦은 날이면 나 몰래 내 보험금을 쓰고 다니는 재미가 쏠쏠하냐며 날선 말을 서슴지 않고 뱉었다. 아버지의 퇴근 시간을 기다리며 맛있는 음식을 만드는 지난날의 어머니를 기대했던 건 아니었다. 더는 두 다리로 설 수 없는 어머니에게 주방에서 요리를 만들라고 할 수는 없었으니까. 하지만 사사건건 밖에 나가 있는 가족을 의심하며 자신의 보험금을 모조리 탕진하고 있다고 믿는 어머니에게 슬슬 진절머리가 났다. 늦은 귀가를 걱정하는 것이 아니라 오직 자신의 돈을 갉아 먹고 있다는 생각만으로 가득 찬 병든 어머니는 몸도 마음에 시들어 빠졌다. 아버지는

차마, 떠나지 못하는

그런 어머니를 오롯이 불쌍하게 여겼다. 몸이 저 지경이 되었으니 얼마나 가엾냐고 하시며 왼쪽 다리의 통증을 호소하면 미친 사람처럼 허공을 주물러댔다. 이젠 시원하느냐고 물었고 어머니가 잠이 들 때까지 귀가가 늦은 자식들의 안부를 전하며 마음을 진정시켜주고자 애썼다.

가족들은 나가 돈을 벌어야 했다. 어머니 몫으로 지급된 보험금에 손대지 않기 위해서라도 각자 제 몫을 담당하며 열심히 일해야 하는 형편이었다. 우리는 직장에 다녔고 연애를 했으며 가끔은 회식 자리에도 어울리며 또래답게 살았을 뿐이다. 아버지가 너무도 담담하게 전적으로 어머니를 담당하고 있었기에 누구도 어머니의 가슴에 서린 외로움에 관심을 두지 않았다.

아버지의 그런 정성을 외면하고 끝내 어머니는 목을 매달았다. 문고리에 목을 매고 자살을 택한 어머니. 낮은 문고리에 억척스럽게 매달리며 죽음을 향한 꿈을 놓지 않았던 어머니는 정말 징글맞았다. 하나밖에 남지 않은 오른쪽 다리를 잔뜩 웅크리고 죽은 어머니는 혀를 길게 빼물고 죽었지만 죽은 후에도 오른쪽 다리를 펴지 않았다. 가망이 전혀 없어 보이는 어머니는 아버지의 간곡한 요청에 의해 119 차량으로 호송되었고, 병원에서 사망 진단을 받았다. 응급실에 사람들은 뭔가 재미있는 구경거리가 생긴 것처럼 어머니의 주검 곁으로 모여들었다. 의료진에게 상황을 설명하는 아버지의 얘기를 듣고 누군가가 아무렇지도 않게 말했다. 가족들이 얼마나 구박을 했으면 문고리에 목을 매고 죽을 수가 있지! 다리 하나 없는 병신이라고 사람 취급도 하지 않은 거야! 말소리를 찾는 아버지의 눈에서 나는 처음 독기를 읽어냈다. 무책임하게 말을 뱉은 사람이 누군지 가늠할 수 없는 판국이었지만 아버지는 큰 소리로 똑똑히 말했다. 아무 말이나 씨부렁거리면 쓰간디, 제 일 아니라고 떠들어대는 것들 천벌을 받아 뒈질 거구먼. 아버지도 그런 험한 말을 할 수 있는 사람이라는 걸 나는 그때 처음 알았다.

어머니를 보내고 아버지는 시름시름 앓았다. 환상통에 시달리며 밤낮없이 아버지를 귀찮게 하던 어머니를 진심으로 그리워했고, 아버지는 그런 와중에 요양보호사 일을 시작하신 것이다. 요양보호사 일을 하며 아버지는 어머니에게 다하지 못한 정성을 쏟아붓듯 노인들을 사랑으로 보살펴주셨다. 체격이 큰 사람들을 씻기는 힘든 일도 마다하지 않으셨고 변비에 걸려 고통받는 사람이 있으면 손수 좌약을 넣어주시며 관을 삽입해 관장을 해주시는 수고도 사양하지 않으셨다. 자신보다 힘든 처지의 사람을 돌보며 삶의 의지를 다지셨다. 아직도 누군가가 당신의 손길을 필요로 한다는 것은 아버지 삶에 충분한 이유가 되었다.

아버지는 어머니가 가고 나시면 좀 더 안락한 삶을 살 수 있을 거라 나는 생각했다. 어머니를 돌보는 고루한 시간에서 벗어나 자신을 위한 시간을 가지실 거라 믿었다. 그동안 약속을 잡기 어려워서 만날 수 없었던 친구들도 만나고 친척들과도 왕래하면서 편안한 노후를 보내실 거라 여겼지만 나의 예상은 빗나가고 말았다. 어머니를 더 잘 보살피지 못한 것에 대해 미안해했고 지긋지긋한 그 사랑을 그리워하고 계셨다. 눈에 보이지 않으면 잊힐 감정이라 생각했는데, 여전히 어머니를 모신 납골당을 수시로 찾으신다. 덕분에 어머니는 죽어서는 정말로 외롭지 않게 되었다.

17절

대적할 것들만 많은 세상을 살아가기가 힘들고 의인들은 점점 찾아보기 힘드니 세상의 시름만 늘어간지라 새어 나오는 한숨을 숨길 길이 없어 심히 괴롭더라 외로움은 누구의 몫인지 알 길이 없고 살면서 그리움만 커져가는지라

다시, 100병동

삶의 축소판 100병동

알츠하이머를 앓고 있는 최씨가 또 난동을 부린다. 최씨는 보호자의 합의하에 침대에 왼손이 묶여 있어 자유롭지 못하다. 자꾸 넘어지기 때문에 누군가의 부축이 필요하지만 최씨는 악다구니를 쓰며 혼자 살고자 한다. 누구도 곁에 오는 걸 완강히 거부하고 있다. 알츠하이머를 앓기 전에는 착한 남자였다고 한다. 그는 거친 욕은 물론이고 툭하면 밥상을 엎었다. 과거에 착했던 그의 모습을 본 적이 없어서 최씨에 대한 칭찬은 늘 어색하다.

아무리 마음씨가 좋은 요양보호사라 하더라도 오랫동안 최씨를 돌보지 못했다. 반나절 만에 손을 들고 나간 요양보호사도 있었다. 잠에 빠져 있던 최씨는 눈을 뜨자마자 자신의 결박당한 왼손 때문에 잔뜩 화가 난 모양이다. 당장 손을 풀어달라고 난리를 치지만 풀어주는 순간 시끄러움의 강도가 더욱 거세지는 것을 경험한 사람들은 아무도 그를 돕지 않는다. 모른 척 외면하는 것이 병원의 소란을 줄이는 길이다.

최씨는 누군가를 향해 욕을 뱉어내고 있다. 병실 안의 누구도 최씨의 표적이 되고 싶지 않아 슬며시 고개를 돌린다. 나도 최씨를 외면해버렸다. 모른 척 하는 것이 속이 편하다. 가엾은 마음에 몇 번 선의를 베풀었지만, 그는 날 나의 곤경에 처하게 만들었다. 지난번에는 변기 유리를 깨버려서 퍽 난감했던 경험이 있다. 무엇이 문제일까. 어떻게 하면 최씨의 선한 본성을 불러내줄 수 있을까. 마음속에는 하얀개와 검둥개가 늘 싸움을 한다고 한다. 결국, 마음속에서 살아남는 놈은 밥 잘 먹고, 잘 돌본 개가 생존한다. 좋은 생각을 하고 선행을 실천하면 하얀개가 뽀얗게 살이 오르고, 나쁜 생각을 하고 못된 짓을 하면 검둥개가 커진다. 어떤 색깔의 개를 택하든지 누구도 간섭하거나 평가하지 않는다. 언젠가 아내가 설교 말씀을 듣고 와서 해준 이야기다. 최씨의 마음속에 있던 하얀 개는 어디로 가버린 것일까. 최씨의 가슴에 살고 있는 흰둥이는 검둥이에게 물려 이미 죽어버렸는지도 모른다. 내 마음에도 검둥개가 뛰노는 시간이 많다. 하얀 개를 잘 먹이고 싶지만, 마음먹은 대로 잘 되지 않는다. 아내도 내 마음에 있는 검둥개의 그늘을 보고 그만

160

살고 싶어진 건 아닐까.

욕의 수위는 점점 높아지고 있지만 자유롭지 못한 그는 점차 움직임이 둔해지고 있다. 요양병원의 사람들은 최씨의 가족들을 너그럽게 이해했다. 누군가는 찾아오지 않는 게 당연한 거라고도 했다. 저렇게 추한 꼴을 보이느니 남는 정이라도 있게 병원에서 살다죽는 게 맞다는 사람도 있었다. 최씨의 건강했던 지난날에 대해서는 아무도 궁금해하지 않았고, 바로 눈앞에 보이는 최씨의 포악한모습만으로 그를 평가했다. 진정제가 들어간 약을 털어 넣고 나서야 최씨는 기운이 빠져 잠잠해졌다.

나의 아버지라면 최씨에게 좋은 친구가 되어주었을 것이다. 최씨가 손을 묶지 않고도 타인을 진심으로 의지할 수 있도록 만들어주며, 난폭한 최씨에게 손을 내미는 것을 주저하지 않았으리라. 아버지는 늘 습관처럼 사람의 목숨값은 다 같은 거, 덜 중하고 더 중한게 없는 거……, 라고 말씀하셨다.

간암 진단을 받은 아버지는 병원 치료를 원하지 않으셨다. 힘들게 항암 치료를 하기보다는 당신이 하고 싶은 요양보호사 일을 하면서 마지막 생을 의미 있게 마무리하고 싶다며 근무하는 곳이 병원인 것이 얼마나 큰 복이냐고 하셨다. 만에 하나 불미스러운 일이생기더라도 병원에서 급한 처치는 이루어질 것이라고 나를 안심시켰다. 암이 이미 진행된 상태이기도 했고 아버지의 연세를 생각했을 때, 삶의 마지막을 결정하는 것은 아버지의 뜻에 따르는 것이 옳은 일일 듯싶었다. 태어난 것을 그렇다쳐도 죽는 것 하나쯤은 내 맘대로 해도 되잖여. 죽는 것은 하늘의 뜻에 달려 있다고 하시며 죽으면 마누라가 마중 나와 있을 테니 슬프지 않다고 덤덤히 말했다. 아버지는 자신들이 맡은 사람들을 위해 꼼꼼히 요양일지를 쓰며 최선을 다해 노인들을 돌봐주셨다. 혹여 당신이 떠날 일이 생기더라도 후임자가 일지만·보고도 환자를 제대로 파악할 수 있도록 세세히 기록된 일지는 아버지의 사랑을 담아낸 기록이었다.

가족도 아닌 사람을 위해 애썼던 아버지의 인생에 온전히 동조할 수는 없었지만 병실에 누워 항암 치료를 하며 수명을 연장하는 것보다는 의미 있는 일이라 생각되었다. 아버지의 병이 말기가 되었을 무렵, 어머니를 치고 간 뺑소니범이 자수를 하였다. 어머니가 죽지는 않았을 거라 생각했는데 사망했다는 소리를 듣고는 도저히 살아갈 수가 없었다며 그는 우리 가족을 찾아와서 용서를 빌었다. 자상한 나의 어머니를 치졸하고 의심 많은 여자로 만들어버린 그였다. 아버지의 남은 인생이 고단해진 것도 그와 무관하지 않다고 생각한 나는 도저히 그를 용서할 수 없었는데, 가장 큰 피해자인 아버지께서 그 뺑소니범을 이해해주었다. 젊은 사람의 남은 인생이 안 됐다는 것이 아버지의 가장 큰 용서의 이유였지만 도통 이해가 가지 않았다. 그가 직접 경찰서를 찾아가 자수를 했다는 점, 피해자의 가족이 뉘우치는 그를 이해하고 선처를 바라고 있다는 점, 범죄와 관련한 전과가 전혀 없다는 점들이 참작되어 그는 징역을 면하고 집행유예 처분만 받았다.

아버지의 자필 탄원서가 결정적인 감형의 이유가 되었다. 말기 암을 진단받고 얼마 살지 못할 아버지께 악다구니를 쓰며 따질 수는 없었지만 나는 분통이 터졌다. 먼저 간 어머니의 한을 풀어주는 것은 뺑소니범을 강력하게 처벌하는 것이라 믿었던 내게 아버지의 처사는 실망스러운 것이었다. 나의 어머니라면 어떤 결정을 내리셨을까. 어쩌면 아버지는 정작 당사자는 아니기 때문에 용서를 할 수 있는지도 몰랐다. 어머니라면 악다구니를 쓰며 뺑소니범을 쫓아냈을 것이다. 합의는 절대 하지 않으셨을 것이고, 뒤늦게 내민 합의금에도 응하지 않았을 것이다. 한순간 형편없이 망가진 자신의 삶을 생각할 때 어찌 용서라는 말이 가당키나 할까.

임종 직전 아버지는 말씀하셨다. 내가 용서를 혀야 니 놈이 사는 겨, 내가 용서를 허구 가야 니들이 맺힌 거 없이 살 수 있는겨……, 뺑소니를 치고 달아난 순간부터 그는 일기를 썼다고 했다. 늦은 후회와 자책으로 남은 생에 대한 두려움과 피해자에 대한 미안함이 하루도 빠짐없이 적혀 있었다며 마음의 죄를 짓고 충분히 괴로워했다고, 젊은 사람인데 산 사람은 살아야 하지 않겠냐고 하셨다. 아버지는 그렇게 먼 길을 떠나셨다. 아버지가 돌아가실 때까지 놓지 않았던 일이 바로 요양보호사였다. 나 또한 부모님을 모두 보내고 무기력해진 삶에서 아내를 만나 진심으로 사랑하고 사람다운 삶을 사나 싶었지만 결국은 또 불행의 굴레를 벗어나지 못하고 있다. 마지막 천국문을 향해 가면서 아버지는 내게 불행의 굴레를 끊는 열쇠를 선물해주고 싶었는지도 모른다. 자식을 위해 미움의 대상을 용서할 수 있는 것이 진짜 부정일까? 진심이 담기지 않은 용서도 진짜 용서가 되는 것일까?

마치 신은 내게 행복은 결코 허락할 수 없다는 듯, 여러 죽음의 형태를 내 주변에서 보여주신다. 모든 죽음은 황망하고 안쓰럽고 슬프다. 주변에 있는 죽음 모두가 처절하게 아픈 상처들이 많아 더욱 괴롭다. 솔직히 나는, 나를 향해 계획하신 주님의 메시지를 도무지 읽어낼 수가 없다. 아내는 크리스마스가 싫다고 했다. 세영이를 낳고 산후 우울증에 걸렸던 아내는 사랑하는 아들이 죽을 것을 알면서도 세상에 태어나도록 한 아버지의 마음이 얼마나 아팠겠냐고 말했다. 그런 슬픈 날, 사람들은 모두 기뻐한다며 하나님이 제일로 속상한 날이 성탄절일 거라고 말했다. 그러면서도 아내는 세영이와 함께 주렁주렁 트리에 장식을 매달았고 크리스마스 축하 예배를 드리러 교회를 찾았다. 단 한 번도 주님의 마음 밑바닥을 헤아려본 적이 없어서 이렇듯 벌을 받는가. 하나님이 나를 벌하고 계신다는 생각을 차마 떨쳐버릴 수가 없는 요즘이다.

164

이보다 더한 형벌은 없다는 생각이 든다. 언젠가 시시포스 신화를 읽었다. 굴러 떨어지는 돌을 끊임없이 들어올려야 하는 형벌에 처한 모습을 보면서 나는 생각했다. 시시포스는 아직 소망을 품고 있는 것이라고. 꿈이 소멸해버린 상태라면 돌에 깔려 죽으면 그만이지 않은가. 실상, 삶이 제일 어렵지 죽는 건 언제든지 할 수 있는 가장 손쉬운 방법이다. 시시포스는 무거운 돌을 끊임없이 들어 올리며 내일에 대한 삶을 포기하지 않고 있기에 고된 노역을 기꺼이 감당하고 있는 것이다. 언젠가는 신이 이 잔혹한 형벌에서 자신을 벗어나게 해줄 것이라 믿고 있는 시시포스. 신은 너무 오래도록 그에게 희망 고문을 하고 있다.

18절

시시포스는 아직도 돌을 들어 올리고 결박된 채 살아가니 가시덤불 같은 삶이라 희망고문을 당하는 것은 시시포스나 나나 매한가지요 재난은 어째서 그치지 않는지 모르겠더라 하니

굴레

100병동의 마스코트인 문씨 아줌마는 젊은 나이에 치매를 앓고 있지만, 항상 웃는 얼굴을 하고 있다. 웃을 때 반달이 되는 예쁜 눈매는 문씨 아줌마를 더욱 선량한 사람으로 만들어주었고, 환하게 웃는 눈은 보는 사람까지 덩달아 즐겁게 만들어주었다. 문씨 아줌마는 자신의 행복했던 순간을 쉬지 않고 떠들어댔다. 자신의 아이들이 공부를 잘해 오늘도 100점을 맞았다며 자랑을 했고, 귀염둥이 반려견이 새끼를 출산했다고 강아지를 보러 가자고 속삭였다. 오늘은 남편이 빨간 장미꽃을 100송이나 사다주었다며 수줍게 얼굴을 붉히고 아들이 돌아올 시간이니 빨리 간식을 챙겨주어야겠다고 서둘렀다. 유난히 숫자 100에 집착하는 문씨 아줌마였다. 아줌마의 이야기만 들어도 가족을 위해 애쓰고 노력하며 살았던 그녀의 지난날을 충분히 읽을 수 있다.

그런 문씨 아줌마를 사람들은 딱하게 바라보았다. 최근 문씨 아줌마의 가족들과 연락이 끊겨 그녀를 어떻게 해야 할지가 병원의 고민거리가 되었기 때문이다. 벌써 5개월째 병원비를 입금하지 못한 문씨 아줌마는 혼자 즐거웠다. 그녀의 반달 눈을 바라보며 병원 관계자들은 한숨을 쉬었지만 되려 문씨 아줌마는 그들을 위로했다. 자신이 맛있는 음식을 만들어줄 테니 조금만 기다리라는 말을 하며 돈을 받지 못해 울상이 된 그들을 토닥여주었다.

사업에 실패한 남편이 빚쟁이들의 눈을 피해 중국으로 도망갔다는 소문도 돌았고, 바람이 나서 다른 여자와 살림을 차렸다는 근거 없는 뜬소문이 달갑지 않게 들려 왔지만 문씨 아줌마는 반달 눈이 되어 웃으며 가족을 기다렸다. 평소에도 신앙심이 깊었던 그녀는 치매를 앓고 있으면서도 하루에 한 번 사도신경과 주기도문을 큰 소리로 외웠다.

기억을 놓치고 살면서도 사도신경과 주기도문을 외우는 그녀를 왜 돌봐주시지 않는 걸까. 지금 윤씨 아줌마가 매달릴 유일한 곳은 신밖에 없지 않은가. 부디 윤씨 아줌마의 기도가 신께 열람되는 기도이길 바라본다. 어려운 처지의 이웃들에게 신은 좀 더 귀를 기울여야 한다.

가족들까지 떠나버린 윤씨는 안식처가 없다. 어쩌면 윤씨에게 치매는 다행스러운 병일지도 모른다. 낯선 곳에 가서 윤씨를 버려도 그녀는 찾아올 수 없을 만큼 인지 능력이 현저히 떨어진다. 자신을 기억하지 못하는 것, 지금 상황에 대해 올바르게 파악하지 못하는 것은 신이 베푼 축복일까. 가슴이 답답해져 온다.

나는 문씨 아줌마의 가족이 반드시 돌아와 주기를 바랐다. 가족과의 소박한 행복만을 떠올리며 살아가는 그녀에게 가족의 버림은 너무나 가혹했기 때문이다. 문씨 아줌마가 제 정신이 돌아올 확률은 지극히 희박해 보였지만 그녀의 행복한 때를 기억하는 그들이 마지막까지 문씨 아줌마의 보호자가 되어주는 것이 마땅해 보였다.

문씨 아줌마는 목에 걸린 십자가 목걸이를 하루에도 수십 번씩 만지작거린다. 엄마가 선물로 준 예수님이라며, 예수님은 참 좋은 나의 친구라고 하였다. 반짝이는 십자가에는 예수님이 못 박혀 있는 꽤 값나가 보이는 목걸이였다. 그녀가 병원비를 못 내서 저 목걸이를 빼앗기면 어쩌지? 나는 뜬금없이 일어나지도 않을 일이 걱정되었다. 가족은 모두 문씨를 버렸지만, 예수님만은 문씨의 목걸이가 되어 든든하게 문씨를 지켜주고 계셨다. 그 덕분에 문씨가 행복한 치매를 앓고 있는지도 모른다. 아니, 신이 여러 곳에 머무를 수 없기에 세상에 어머니를 내려보냈다는 말이 떠올랐다. 어머니의 지치지 않는 사랑으로 윤씨가 삶을 지탱하는지도 모른다.

착하게 삶을 산 사람들은 관을 닫을 때 청명한 소리가 난다고 했다. 아마도 좋은 곳으로 떠나기를 바라는 마음속 간절한 소망이 만들어 낸 소리일 것이다. 아버지가 떠나가시는 날, 나는 유난히도 청명한 관 소리를 들었다. 이승에서의 시간이 고단했던 아버지는 차라리 훌훌 떠나는 것이 편했던 것일까. 분명 어머니의 관 뚜껑이 닫히는 둔탁한 소리와는 달랐다. 자신의 인생을 송두리째 뒤흔들어버린 파렴치한 뺑소니범까지 용서해준 너그러운 아버지에게 청명한 관 소리는 어쩌면 지당한 것일지도 몰랐다. 당신이 좋은 곳으로 떠났다는 확신이 들자 나는 마음이 홀가분해졌다. 그제야 양심 없는 뺑소니범이 조금은 용서가 되었다.

처음 내 손으로 케어했던 노인이 떠나가던 날을 기억한다. 먹고 살기가 바쁜 가족들은 자주 찾아오지는 못했지만 좋은 사람들이었다. 병원을 찾는 날에는 손수 농사지은 먹거리들을 가져와 두루 나누어주었고 해가 저물도록 어머니와 마주 앉아 도란도란 얘기를 나누었다. 사람들을 전혀 알아보지 못하는데 유일하게 자신의 맏아들만은 또렷하게 알아보았고, 맏아들이 온다는 소리를 들으면 낮은 휘파람까지 불며 좋아했다. 맏아들 또한 사정이 여의치 않아서 어머니를 당장은 모시지 못하지만, 곧 자리 잡는 대로 어머니를 모신다고 입버릇처럼 말했고 노모는 아들의 말을 찰떡같이 믿어주었다.

비가 부슬부슬 내리는 날이었다. 갑자기 노인의 상태가 좋지 않았다. 체온이 급격하게 떨어졌고, 말투가 더욱 어눌해졌으며 자신의 마지막을 알고 있다는 듯이 애타게 맏아들만을 찾았다. 나는 병원에서 보호자에게 연락을 취할 수 있도록 할머니의 상황을 전했고 어머니의 위급한 실정을 듣고 급한 마음으로 병원을 향했던 맏아들은 도로 위에서 전복 사고를 당했다. 기다려도 오지 않는 보호자를 다시금 호출했을 때는 이미 전화기의 주인은 응급실에 들어간 뒤였다.

나는 후회했다. 맏아들의 사고에 대한 책임에서 자유로울 수 없었다. 할머니의 상태를 하루 더 지켜본 후, 연락을 취할 걸 그랬다는 자책감이 들었다. 맏아들은 위급한 상황을 잘 넘기고 숨은 붙어 있었지만, 어머니와 통화할 수 있는 상태는 아니라고 했다. 노인은 날로 상태가 나빠졌다. 꼭 당장 죽을 것 같은 얼굴을 하고서도 죽지 않고 또 하루를 넘기고 넘겼다. 밤에는 헛것이 보이는지 허공을 향해 마구 손을 저였고, 저승사자의 손을 뿌리치듯 안 간다고 떼를 쓰기도 했다. 죽음의 문턱에 위태롭게 서 있다는 느낌이 들었다. 죽지 않고 기다리는 맏아들은 올 기미도 보이지 않았다.

마지막 순간까지 맏아들이 찾아오길 기다리고 있는 듯했다. 당신의 속으로 낳은 맏아들의 얼굴은 보고 떠나야 한다는 듯 오기로 남은 기력을 다해 버텨주었지만, 끝끝내 당신의 맏아들은 찾아오지 못했다. 남은 두 딸의 오열 속에서 어머니는 떠났고 곧이어 첫째 딸의 이동전화를 통해 맏아들의 사망 소식을 전해 들었다. 살아서 어머니를 배웅할 수 없었던 맏아들은 죽어서 어머니와 동행하게 되었다며 줄초상을 당한 그녀들은 숨을 꺽꺽대며 울었다.

둘이 동행하는 모습을 상상해보았다. 나는 할머님의 맏아들을 한 번도 본 적이 없다. 그래서 정확히 그의 얼굴을 재연하거나 떠올리는 것은 무리다. 하지만 선한 눈매와 유난히 둥근 콧망울은 어쩐지 퍽 닮았을 것 같은 느낌이 든다. 어깨를 나란히 하고 걷는 모습을 떠올려 보자 목이 막혔다.

아버지는 남의 험담을 잘 하지 못하는 사람이었다. 그런 아버지가 유난히 싫어하는 보호사가 있었는데 딱히 타당한 이유는 아니었다. 이유인즉, 그가 자꾸 자신이 돌보는 노인에게 거짓말을 한다는 것이다. 하얀 거짓말도, 융통성도 없는 아버지께는 똑같이 정직하지 못한 행동일 뿐이었다.

성격이 온순하지 않은 그는 엄마가 곧 데리러 온다는데 이렇게 소동 피우면 절대 안 오지! 라는 말 한마디면 언제 그랬냐는 듯이 얌전해진다고 했다. 끈질기게 투정을 부리다가도 엄마라는 소리에는 말을 잘 듣고, 포악을 떨다가도 엄마라는 소리에는 다시금 조용해지는 그에게 요양보호사가 툭하면 거짓말을 한다며 아버지는 그를 욕했다. 정신이 없더라도 찾아오지 못하는 사람을 온다고 거짓말하면 안 된다는 게 아버지의 지론이었다. 엄마, 라는 말소리만 듣고도 말을 잘 듣는 건 그의 마음속에 품은 어머니를 향한 간절한 기다림과 보고픔 탓인데 그걸 이용해 케어를 하는 건 옳지 못하다고 하시며 이미 죽은 엄마가 어떻게 살아오느냐고 화를 냈다. 노인와 아들이 같은 날 황천길을 떠나는 걸 목격한 나는 아버지의 생각이 틀렸다고 믿는다. 절절한 사랑은 이승과 저승길을 오가며 동행할 수 있다.

요즘 나는 아내의 필사 노트를 이어서 쓰고 있다. 아픈 와중에도 오로지 주님께만 의지하며 매달렸던 아내처럼 나 또한 도무지 이해가 가지 않은 당신의 계획을 알기 위해서는 당신의 말씀에 무조건적으로 순종하는 편이 낫다는 생각이 들었다. 오직 죄 많은 나를 위해 십자가에 못 박힌 예수님의 한량없는 사랑을 생각할 때, 그리스도인이라면 필사 한 번쯤은 하는 것이 마땅한 도리라는 생각도 들었기 때문이다. 아픈 아내는 예수의 말씀을 옮겨 적으며 삶에 위안을 얻었을까?

극단적인 방법으로 생을 마감할 수밖에 없었던 아내를 생각하면 아무것도 할 수가 없다. 딸아이가 아니었더라면 지금의 고비를 넘기지 못했을지 모른다. 언제까지 필사를 완성하겠다는 계획은 일부러 세우지 않았다. 마음이 지치고 힘들 때면 나는 조용히 노트를 폈다. 아내가 그랬던 것처럼 그저 주님께로 고요히 침잠했다.

되도록 정성껏 글씨를 쓰고 싶었다. 아내의 흔적이 남은 필사 노트를 딸아이에게 물려주고 싶기 때문이다. 아내는 반듯하게 글씨를 잘 쓰던 사람이었는데 아프고 나서 쓴 글씨는 크기도 일정하지 않고 모양도 제멋대로 흐트러져 있다. 아내가 남긴 활자 속에는 아픈 아내의 모습이 고스란히 담겨 있다. 이렇게 아픈 와중에도 아내는 하나님을 만나고 싶었던가 보다. 아마에게도 할 수 없는 말들을 뱉어내며 아내의 마음은 조금씩 치유되었는지 모른다. 나는 아내의 비뚤어진 글씨를 이어받아 반듯하고 예쁘게 글자를 적는다. 훗날 아내를 만나면 필사 노트를 자랑하고 싶은 마음도 든다. 그냥 당신이 그리워서, 흔적을 찾다가 이렇게 말씀을 적었노라고 하면 아내는 어떤 표정을 지을까.

딸아이는 제법 의젓하게 말했다. 아빠랑 내가 기억해주는 한, 엄마는 죽지 않고 살아 있는 거야. 우리가 추억하는 한, 엄마는 우리의 마음속에서 영원히 우리 가족과 함께 하는 거지. 엄마가 영영 우리 곁에서 떠났다고 생각하니까 마음이 너무 허전해서 견딜 수가 없는 거야. 이제는 볼 수 없다는 걸 머리로는 알겠는데 마음으로는 인정이 안 되고 너무 괴로웠어. 그런데 엄마가 내게 쓰고 간 편지에 그렇게 쓰여 있더라고. 엄마는 먼저 떠나지만, 항상 우리와 함께 있을 거래. 엄마와 추억이 생각나면 슬퍼하지 말고 기억해 달라고. 건강했던 엄마의 모습도 아팠던 엄마의 모습도 그냥 그렇게 같은 모습으로 기억해달래. 가족의 기억에 남아 있는 한, 엄마는 죽어서도 슬프지 않을 것 같다면서. 그리고 아빠와 할머니, 할아버지를 위해서 기도해달라고 했어. 이제는 엄마가 더는 할 수 없는 일이니까 내게 부탁한다고 하면서 말이야.

19절

찬송하던 아내의 모습만 더욱 또렷한지라 현명한 아내였음을 깨닫고 헛되이 죽지 않았다 되뇌이매 기도와 간구로 아내를 추억하고 아내의 기도를 들어주지 않은 신이 더욱 원망스럽더라 신은 아내의 기도를 외면했고, 나의 처지를 모른 척 외면함이라

저물녘

대부분 요양보호사를 필요로 하는 사
람들은 인생의 황혼기를 걷고 있는 분들이다. 나는 그들을 케어하
며 인생의 마지막을 함께 정리하곤 한다. 늘 죽음을 가까이 두면서
날마다의 삶이 경건해지는 느낌이 든다. 인생을 숨 가쁘게 달렸던
그네들이 삶의 쉼표를 찍고 싶어 하는 시간, 생의 정점을 찍고 이
제는 요양을 해야 할 시간에 나는 보호사가 되어 그들을 끌어안고
산다.

있는 듯 없는 듯 꽤 오래 병원 생활을 했던 황씨가 떠났다. 다행
히도 황씨는 가족들의 배웅을 받으며 먼 길을 갔다. 황씨는 잠을
자는 것처럼 편안한 얼굴로 세상과 작별했고, 있는 듯 없는 듯했으
나 황씨의 빈자리는 허전했다. 말수가 없었지만 흥흥하며 상대의

말에 장단을 맞춰주던 사람, 걸음걸이가 신통했을 때는 다른 사람의 식판도 가져다 날라주던 황씨, 황씨의 침대는 대기자 중 한 사람이 차지하게 될 것이다.

자신이 사고를 당하던 날을 황씨는 기억하고 있었다. 돈이 많은 황씨는 최고급 승용차를 풀 옵션으로 뽑았단다. 차 사고가 나서 뇌를 크게 다친 황씨지만 애지중지하던 큰딸이 차는 괜찮아? 라고 묻던 것을 기억하고 있었다. 인생을 허투루 살아 늘 퉁을 먹던 아들놈이 대뜸 아빠는, 아빠는 괜찮아? 라고 물었다며 큰딸에 대한 서운함을 두고두고 말했던 황씨였다. 차는 괜찮아? 라고 물었던 딸은 그녀답게 아버지의 주검 앞에서도 담담히 장례절차를 물었다. 퉁을 먹던 아들놈만 눈이 벌겋게 될 때까지 울고 또 울었다.

우리는 죽기 전, 황씨가 남은 유산을 누구에게 상속할지 궁금해했다. 돈을 짊어지고 저승길에 가는 사람은 없으니 자식들에게 유산이 갈 거 아니냐며 남은 황씨의 자녀들을 사뭇 부러워도 했다. 남겨진 황씨의 유언장에는 사회 환원이 약속되어 있었다. 황씨는 살던 집과 사업장까지 모두 사회의 어려운 이웃에게 남겼다. 황씨의 깊은 속내까지는 알 수 없으나 황씨다운 결정이었다.

말이 없는 황씨였지만 강단이 있는 그였다. 사랑했던 딸에게는 늘 지니고 있던 시계 한 점이 돌아갔고 아들 녀석에게는 평소 아끼던 지갑이 유품으로 남겨졌다. 그 많은 재산을 사회에 환원한 황씨를 알고 있다는 것만으로도 우리는 모두 황송해했다. 사회 환원을 약속하고도 막상 죽음을 목전에 두고는 실천하지 못하는 사람이 훨씬 많지 않은가. 사회 환원으로 죽고 나서 더욱 유명해진 황씨를 언론은 앞다투어 보도해주었고 활자 가득 생전의 업적들을 실어 날랐다.

황씨 덕분에 100병동도 호강 아닌 호강을 하게 되었다. 노후되었던 세면대가 새것으로 교체되었고 낡은 휠체어가 새것으로 바뀌었다. 수압이 조절되지 않던 샤워기도 최신형으로 교체되었다. 계단에는 미끄럼 방지 테이프가 붙여졌다. 신상품 휠체어는 발을 놓는 위치도 더욱 편리하게 만들어져 있었다. 어마어마한 재산 규모로 봤을 때 얼마든지 이보다 좋은 병원을 선택할 수 있었을 텐데 어쩌다 이곳에서 우리와 인연이 되었는지 궁금했다. 특실 병동을 쓰고 해외로 원정 진료를 다녔더라면 좀 더 수명을 연장할 수 있지 않았을까. 이미 이 세상 사람이 아닌 황씨를 향해 묻고 싶은 질문들이 많아졌다.

자신의 마지막을 의지했던 100병동의 불편함을 해소하기 위한 숨은 애정이 보였다. 칙칙한 화장실 타일도 화사한 연녹색 색상으로 바뀌었으며, 요양보호사들을 위한 휴게실도 마련되었다. 새로 교체된 전자레인지를 사용하며 사람들은 다시금 황씨를 칭찬하고 그리워했다.

뇌가 망가져 어눌한 말투를 가졌지만 떠나는 날까지 반듯한 사람으로 병원과 작별했다. 두어 번 예배를 보았던 작은 예배당에는 은은하게 빛나는 에메랄드빛 십자가가 멋스럽게 걸렸다. 믿음이 있는 듯 보이지는 않았으나 자기 마음속에는 항상 하나님이 살아 계시다고 얘기하던 황씨의 섬세한 배려였다. 황씨는 마음속의 인도자를 따라 지금 어디쯤 가고 있을까. 천국에 가면 모두가 동등한 입장이 된다고 했다. 그때는 누구의 자식도 아니고 형제도 아닌 그저 하나님의 백성으로 산다고 했다. 하나님의 자녀답게 살다 천국에 가면 그곳에서 황씨를 만날 수 있을까.

나는 유언장을 적을 때도 남은 재산을 낱낱이 생각해내어, 자식에게 남겼다. 가장이기 때문에 남길 것이 없는 형편이 그저 미안하기만 했다. 한 번도 세상에 남은 수많은 어려운 사람에게는 생각이 미치지 않았다. 언젠가 돈을 많이 벌면, 사회봉사도 하고, 재산을 환원하는 일도 하겠다고 마음먹었을 뿐이다. 살면서 형편이 넉넉하기보다는 궁핍할 때가 더 많았고 자리를 잡을 즈음에는 아내의 병원비를 대야 했으므로 누군가에게 나누어줄 돈은 남아 있지 않았다. 그래서 사회 환원은 돈이 많은 재산가들이나 하는 것이라 생각했다.

물론 황씨가 돈이 많은 것은 사실이었으나 그는 평범하게 살았고 절약하는 사람이었다. 그도 부를 축적하는 과정이 쉽지 않았을 것이고, 자식보다 중한 것이 없는 평범한 사람이었다. 하지만 황씨는 더 어려운 이웃들을 외면하지 않았고 그것이 그들의 몫으로 돌아가길 원하는 마음 착한 사람이었다.

아내의 병원비가 처음으로 청구되던 날, 나는 아프리카 아이들을 후원하던 계좌를 삭제했고, 독거노인을 돕던 도시락에 나가는 만원을 후원하지 않기로 결정했다. 치료약이 없어 죽어가는 아프리카의 어린아이들을 보며 두 번도 생각하지 않고 도움을 주기로 결정했던 나였다. 하지만 생각보다 많이 청구된 병원비는 내게 조금의 여유도 허락하지 않았고, 내가 누군가를 도울 처지가 아니란 것을 인식해야 한다고 생각했다. 아프리카 아이들의 커다란 눈망울이 생각나지 않은 건 아니었지만 그보다는 아내를 챙기는 것이 우선되어야 했다. 아무런 죄책감도 없이 정기후원을 철회한 것이다. 사연이 없는 삶이 어디 있겠는가. 이런저런 이유를 앞세워 정기후원이 모두 끊긴다면 불쌍한 이웃들은 누가 돕겠는가. 하지만 나는 아직도 정기후원을 다시 시작하지 않았다. 다시 돈이 좀 생겼다고 후원을 한다는 것 자체가 위선적으로 느껴졌기 때문이다.

사실, 인생의 마지막에 선한 마음을 갖기란 힘든 일이다. 살아보니 억울한 것이 많고 시간이 흐를수록 주변에 서운한 것도 늘어간다. 대접받고 싶은 마음만 커지고 이해받고 싶은 욕심만 앞선다. 인생의 마지막에 선한 마음을 갖는 사람은 타고난 본성이 착한 사

람이라는 생각이 든다. 나도 선량한 마음으로 저물녘을 정리하고
싶다. 아내가 함께였다면 나는 더욱 착한 모습으로 살았을 것이다.
아내는 늘 나를 좋은 사람이 되도록 만들어주었고 선한 기운을 불
어넣어주었다. 나는 살아가면서 더욱 아내의 빈 자리가 크고 아프
다. 앞으로도 아내의 얼굴을 떠올릴 무수한 시간 속에서 그리움은
커져만 갈 것이다.

아내가 먼저 죽음을 요청하지 않았다면, 나는 아내를 죽일 생각
따위는 결코 하지 않았을 것이다. 아내가 고통에 몸부림쳐도 아내
의 생명을 해할 생각을 절대 하지 않았을 나다. 그래서 나는 아내
가 종종 원망스러웠다. 선악과를 따먹으라고 이야기했던 뱀처럼
아내는 내게 자신의 죽음을 요청하며 유혹했다. 차라리 나를 죽여
줘. 이렇게 살아서 뭐 해. 사는 게 사는 게 아니잖아. 나는 스스로
죽을 수도 없는 상태야. 당신이 용기를 내서 나를 죽여줘야 옳은
거야. 아내가 그렇게 꼬여내더라도 나는 단호하게 거절해야 했다.
있을 수 없는 일이라고 말하며 다시는 그런 소리를 입 밖으로 꺼내
지 못하도록 단도리해야 했다. 미련스럽게 아내의 말에 동조하며
방법을 찾아보고 있다는 둥 그녀의 마음에 동요하는 모습을 보여
서는 안 됐다.

아직도 나는 얼마나 비겁한가. 아내가 죽어버린 지금도 마음 한
편에는 아내에 대한 원망이 도사리고 있지 않은가. 간교한 뱀의 마

음이 내 맘과 닮아 있었다.

20절

간교한 뱀을 더는 생각지 아니하니 짊어질 멍에들이 너무 깊어 아프도다
내가 부르짖을 때에 왜 아무도 듣지 아니하는지 가슴이 아프고 간병
살인을 검색했던 스스로가 너무 추한지라 나의 이런 속내를 죽은 아내는
이미 알고 있었음이라

소망의 기도

황씨의 침대에는 새로운 사람이 왔다. 신경질적인 그녀는 오는 순간부터 쉬지 않고 돈 자랑을 해댔다. 자신은 많은 땅을 소유하고 있고 높다란 건물도 가진 사람이라고 했다. 월세가 많이 들어온다고 자랑했고 자신이 소유한 가방은 모두 고가의 명품이라고 말했다. 어울리지 않게 주렁주렁 귀금속을 매달고 와서는 자꾸만 만지작거렸다. 요양원에 사람들은 그녀의 거드름에 지쳐갔다. 항상 그녀의 머리맡에 놓여 있는 장지갑에는 오만 원권 지폐가 가득 들어 있다며 늘상 지갑을 챙겼다. 두둑한 지폐는 같은 병실을 쓰는 사람들에게 퍽 부담되는 것이었다. 그녀는 한창 돈을 벌 때는 돈을 세는 재미로 살았다며 쉴 새 없이 돈 자랑을 해댔다.

요즘 주님은 건물을 가진 건물주님이라고 하더니 정말 오…… 주님, 이라는 탄식이 절로 나오는 사람이었다. 세상에 모든 행복을 돈으로 살 수도 있다고 믿는 듯 보였다. 그녀는 돈을 쓸 수 없게 된 현실이 안타까운 듯 보였다. 지금은 백화점 세일 기간이며 패밀리 특별 할인이 껴 있는 달이라고 퍽이나 아까워했다. 잔뜩 모아둔 돈을 다 쓰고 죽는 것이 인생의 최대 목표인 양 굴었다. 돈이 많은 넉넉한 사람은 언제나 부러웠지만, 삼척동자는 별로 부럽지 않았다. 돈이 많다고 잘난 척하는 모습을 보며 뒤에서 모두가 두런두런 욕을 했기 때문이다. 부자가 천국에 가는 것은 낙타가 바늘구멍을 통과하는 것보다 어렵다더니 왜 그런 말씀이 있는지 이해할 수 있게 해준 인물이다.

공연히 지갑 쪽으로 눈길이라도 갈라치면 서둘러 시선을 회피했다. 뭔가 억울한 누명을 쓰게 될 것 같았기 때문이다. 그녀의 갑질에 사람들은 지쳐갔지만 맛있는 생과일주스를 돌리고 고급 슬리퍼 따위를 얻어 신은 사람들은 그녀의 갑질을 모르는 척하며 병실에서 그녀가 군림할 수 있도록 도왔다. 뒤에서는 있는 척, 잘난 척, 아는 척만 하는 삼척동자라고 별명을 붙여 흉을 보았지만, 앞에서는 모두가 생글생글 웃으며 잘해주었다.

그즈음 내겐 기쁜 일이 생겼다. 내가 담당하던 분이 집으로 돌아가게 된 것이다. 딸이 휴직계를 제출하고 어머니와 함께 집에서 어

186
다시, 100병동

머니를 요양하기로 했다는 반가운 소식이 날아들었다. 병원에 머물면서도 늘 집을 그리워했던 백발의 노모는 딸의 집에서 안락함을 누리게 될 것이다. 딸의 결정은 현명한 것이었다. 저토록 환한 웃음을 본 기억이 없다. 자식과 함께 살 수 있다는 것은 노인에게는 크나큰 행복이다.

'품 안에 자식'이란 말은 옳은 얘기다. 귀여운 자식의 재롱을 보는 것은 정말 잠깐이었다. 딸아이는 아내가 아프면서 혼자 큰 것 같다. 딸아이의 사춘기 시절도 눈치채지 못하고 지나가버렸다. 딸의 사춘기 시절에 아내가 앓기 시작하면서 딸아이는 걱정되는 일은 하지 않았고 그것이 부모를 위한 길이라 여기며 얌전하고 조용하게 힘든 시기를 넘겨주었다. 지금 와서 생각해보면 부모에게 투정 부리고 기대고 싶은 시간도 있었을 텐데 홀로 견디게 한 것이 미안하다. 오히려 마음으로는 내가 딸아이에게 의지한 시간이 많았다. 딸아이를 생각하며 힘을 냈던 시간이 얼마나 많았던가. 내리사랑이라고 하는데 나는 많은 것을 세영이에게 받기만 했다.

서둘러서 짐을 챙기고 있는데 뭔가 두툼한 것이 이불 아래로 만져졌다. 나는 가슴이 철렁 내려앉았다. 삼척동자의 지갑이 잘 개어진 홑이불 밑에 들어 있는 것이 아닌가. 나는 심장이 벌렁거렸다. 휴직계를 냈으니 돈벌이가 신통치 않을 거란 푸념을 했던가. 그래도 당분간은 먹고살 수 있다며 백발의 노인이 안심했던 건 이 두툼한 지갑 때문이었던가. 내가 죄를 지은 것도 아닌데 얼굴이 벌겋게 달아올랐다. 일단 나는 서둘러 백발의 노인을 피신시켜야 할 것 같았다. 삼척동자는 그리도 잘 챙기는 지갑을 어쩌다 병실에 두고 간 모양이었다.

나는 딸에게 전화를 걸어 조금 서둘러 병원에 와달라고 부탁했지만, 인수인계가 남아서 그렇다며 도착 전에 미리 전화를 드리겠다고, 점심시간은 지나서 도착하게 될 것 같다고 말했다. 복도 끝에서 삼척동자가 걸어오는 발소리가 들렸다. 최근 지압 신발을 신고 다니는 그녀는 듣고 바로 알아차릴 정도로 걷는 소리가 요란스러웠다. 지갑을 찾으면 어쩌나. 나는 내가 도둑질한 것도 아닌데 공연히 가슴이 뛰어 진정이 되지 않았다. 삼척동자를 대면하기에 자신이 없는 간이 작은 노인은 물을 마시고 온다며 슬며시 자리를 피해버렸다.

어떻게 해야 할까. 삼척동자에게 이 사실을 알린다면 곧 찾아올 딸 앞에서 도둑년 소리를 듣게 될 것이 뻔했다. 나는 아무 일도 일어나지 않은 척 가방을 쌌다. 진땀이 삐질삐질 배어 나왔고 숨이 막힐 것만 같았다. 예상했던 대로 삼척동자는 자신의 지갑을 찾았고, 병실 안에 있는 모든 사람을 의심의 선상에 올려두었다. 그대로 꼼짝도 하지 말라고 단단히 으름장을 놓고는 긴급 호출 버튼을 연거푸 눌러댔다. 자신의 지갑이 없어졌으니 지금 당장 도둑년을 잡아야 한다는 것이 그녀의 마땅한 바람이었지만 아무 이유도 없이 우리의 몸을 수색할 수는 없었다. 병원 과장은 코 위에 걸쳐진 안경테를 다시 한번 치켜 올리며 난감한 표정을 지었다. 도난 사고는 절대 일어난 적이 없거든요, 병실에 CCTV도 다 설치되어 있어서요. 다시 한번 찬찬히 찾아보시고 만약에 지갑이 나오지 않는다면 관리실에 연락해서 CCTV를 확인해보도록 할게요,

삼척동자는 한 치도 물러서지 않고 지금 당장 CCTV를 확인해보라고 소리를 질렀고, 거기 얼마나 많은 현금이 들어 있는지 아느냐며 버럭버럭 소리를 질렀다. 사태의 심각성을 파악한 백발의 노인은 문밖에 서서 겁에 질린 얼굴을 하고 있었다. 지금이라도 노인이 자수해주길 원했지만, 용기를 낼 가망은 없어 보였다. 잔뜩 독기가 오른 그녀 앞에 지금 당장 지갑을 내밀어도 그녀는 용서해주지 않을 것이 뻔했다. 기억 속에서 똬리를 틀고 있던 살모사가 문득 떠올랐다. 코너에 몰린 노인의 표정은 죽음을 목전에 두고 있던 어린 살모사의 모습과 흡사했다.

나는 차분하게 일을 진행해야 했다. 퇴원을 서두르기 위해 자리를 뜨는 것처럼 노인을 데리고 원무과로 자리를 옮겼다. 오전부터 퇴원이 예약되어 있었기 때문에 삼척동자는 별다른 의심 없이 우리를 병실 밖으로 내보내주었다. 노인의 손이 바르르 떨렸다. 왜 그랬냐고 물을 수도 없었다. 그저 안전하게 일단 병원을 빠져나가

도록 돕고 싶었다. 시간적인 여유를 벌어둔다면 삼척동자도 조금은 진정을 할 테고, 보호자인 딸이 돌아온다면 어머니의 일을 가장 합리적으로 해결할 수 있지 않을까. 딸을 기다리는 고개 숙인 노인의 허연 머리칼은 찌걱찌걱 땀에 절어 갈라졌다. 나는 발발 떨리는 노인의 손을 힘있게 꼭 쥐었다.

주님, 이 불쌍한 노인을 부디 용서해주소서. 무사히 이 공간을 빠져나갈 수 있도록 당신이 요새가 되어주소서. 노인의 잘못은 훗날 심판하시사 부디 자식 앞에서 부끄러운 어머니가 되지 않게 지켜주소서. 올바르지 않은 기도를 하는 나를 용서하시고 도우소서. 부디 지켜주소서. 나는 읊조리듯 작은 소리로 웅얼거렸다. 두근두근 방망이질하는 마음을 진정시키기 위한 나름의 방책이었다.

견물생심이랬잖아. 삼척동자 당신의 잘못이 커. 한 푼이 새로운 사람에게 돈 자랑을 해서 이런 일들이 벌어진 거라고……. 스스로를 합리화하기 위해 나도 모르게 중얼거려진 말이었다. 돈을 보이는 곳에 놓아둔 것도 잘못이라는 마음속 다독임으로 나는 노인을 애써 변호했다. 차츰 소란이 잠잠해지고 삼척동자의 요청에 따라 CCTV를 판독하게 되었다. 기술팀에서 곧 판독 결과를 알려줄 거란 소식이 들려 왔고 삼척동자는 잡히면 가만두지 않겠다며 씩씩 숨을 고르고 있다. 다행히도 조금 서둘러 도착한 딸 덕분에 노인은 안전하게 병원을 빠져나갈 수 있게 되었다. 졸지에 도주를 돕게 된 나는 제대로 된 작별 인사조차 하지 못한 채 허겁지겁 차에 태워 노인을 보냈다. 헤어지는 순간 노인의 눈에는 두려움과 서글픔이 교차하는 것을 나는 읽었다.

다행스럽게도 CCTV 판독은 이루어지지 않았다. 황씨가 병원에 기부한 돈의 일부가 CCTV 교체 비용으로 남아 있었고, 노후된 것과 회선이 맞지 않아 설치가 잠깐 미뤄진 시점에 일이 터진 것이었다. 삼척동자는 자신의 지갑을 훔친 사람을 영원히 잡을 수 없게 되자 엄한 병원 사람들을 향해 윽박질렀다. 죄도 없는 그들은 고개를 떨구고 삼척동자의 처분만을 바라고 있는 눈치였다. 황씨는 마지막 떠나는 순간까지 100병동의 안녕을 기원해준 셈이었다. CCTV 교체가 아니었다면 아마도 100병동은 삼척동자의 고함으로 시끌시끌했을 것이다. 환우들의 사정은 아랑곳하지 않고 소리쳤을 그녀다. 절대안정을 취해야 하는 환자들을 두고도 자신의 분을 참지 못했을 삼척동자다.

지금쯤 딸이 운전하는 차를 타고 집으로 향하고 있을 노인은 어떤 표정을 짓고 있을까. 일단 100병동을 빠져나갔으니 안도하고 있지 않을까. 절대로 거짓말을 해서는 안 된다는 아버지의 이야기만이 귓가에 맴맴 맴을 돌았다. 노인에게 안심해도 된다는 문자를 보낼 수만 있다면 보내주고 싶은 마음이었다. 돈을 모두 소진해버릴 때까지 노인의 심장은 두근거릴 것이고, 일이 마무리된 이상 쓸

데없이 솔직해져서는 곤란하다. 하지만 양심의 가책을 느끼며 남은 시간의 불편함은 도둑질의 대가로 노인이 홀로 감당해야 할 일이다. 그 벌조차 받지 않는다면 노인은 잘못을 반성할 시간이 없지 않은가. 아무리 없이 살아도 도둑질은 절대로 해서는 안 되는 것이다.

　나는 요양보호사이다. 그녀의 도주까지도 마땅히 보호해주어야만 한다. 나는 커다란 비밀을 공유하게 된 노인의 마지막 행적을 정리하며 100병동에서 마지막 비밀일지를 적는다. 또 다른 누군가가 끊임없이 들어오는 100병동을 이제는 떠나도 좋을 것 같다. 100병동에 남은 수많은 병든 자들을 향해 이제는 간절한 마음으로 하나님께 기도할 수 있다. 기도하지 않는 삶을 택하면서 신과의 단절을 선언한 나를 지지했었다. 어떤 소원도 만족시켜주지 않는 신을 향해 소망을 품는 것은 어리석은 일이라 여겼다. 하지만 소망이 없는 삶은 죽은 생과 다르지 않다는 걸 알게 되었고, 아픈 순간에도 왜 아내가 기도를 멈추지 않았는지 깨닫게 되었다. 나는 아직도 신께 응답받는 기도를 할 줄은 몰라서 도둑질한 노인이 부디 마음의 안정을 찾고 다시는 남의 물건에 손을 대지 않기를 기도한다. 어쩌면 이 기도 또한 영영 들어주시지 않을, 하나님이 원하시는 기도가 아닐지도 모른다. 하지만 앞으로는 기도하며 살고 싶다. 소망을 품은 삶을 살며 내게 주어진 남은 날들을 기쁨으로 채워보고 싶다.

다시, 100병동

100병동은 내 마음속에 남아 있던 삶의 기쁨을 회복시켜준 의미 있는 장소이다. 100병동을 떠나 살면서도 나는 신이 허락하신 완벽에 가까운 행복을 찾기 위해 늘 노력하며 살 것이다.

안내 방송이 흘러나온다. 자살 유가족을 대상으로 심리 부검을 실시하니 많은 참석을 바란다는 내용이었다. 자살에 이르기까지의 행적과 심리 상태를 구체적으로 파악하는 것으로, 지인과의 면담자료나 생전에 남긴 글들을 수집하여 심리 상태를 규명해나가는 작업이라고 들었다. 또 다른 자살자를 예방하기 위한 좋은 취지의 프로그램이다. 하지만 나는 아내의 유언에 따라 그녀의 자살에 대해 영원히 침묵할 것이다. 크나큰 아내의 비밀을 공유하는 것이 옳은지 옳지 않은 일인지는 결코 신께 묻지 않을 셈이다. 나는 나만의 성경책을 만들어 아내를 추억한다.

다시 1절

그가 드디어 신앙이라는 것을 얻고 죽은 아내의 심정을 헤아리기
시작하였으니 하나님이 보시기에 심히 기뻤더라. 하나님께서 그에게
세상을 이겨나갈 힘을 주시사 새롭게 하시고 그의 사랑하는 딸에게도
굳은 믿음을 주사 어미 없이도 험난한 삶을 이겨내게 하시니 네가 세상
끝날까지 나의 말을 준행하며 살라 신신당부하셨더라 내가 너는 꼭
100세까지 살게 하리니 100의 온전한 의미를 모두 깨닫고 내게로 오라
단단히 일렀음이라

뒤늦은 고백

소설을 쓰는 동안 외할머니의 얼굴이 자주 떠올랐습니다. 외할머니는 넉넉한 사랑으로 저를 품어주신 감사한 분입니다. 아버지가 부재한 시간에도 할머니의 너른 품이 있어 우리 형제는 외롭지 않게 자랐습니다. "아빠가 좋으니, 엄마가 좋으니?" 어른들이 물으시면 "할머니가 제일 좋아요!"라고 큰 소리로 말하곤 했습니다.

할머니의 마지막은 힘들고 고통스러웠습니다. 착한 치매를 앓긴 했지만, 자신의 대소변조차 스스로 해결하지 못하셨습니다. 그런, 할머니의 곁에는 늘 어머니가 계셔야 했고 할머니의 시간에 편입된 어머니의 일상은 결코 행복하지 못했습니다. 식사를 챙기고, 증상이 심해진 할머니께서 약을 삼키는 방법을 잊어버려 입에 물고만 있을 때는 약국에 가서 가루 형태로 약을 만들어 오곤 하셨지요. 할머니의 대소변을 치우는 일도 오롯이 어머니의 몫이 되었습니다.

할머니가 앓기 시작하면서 어머니는 바깥 외출을 하지 못했고, 병든 할머니와 집 안에서 지내는 시간이 차츰 길어졌습니다. 집은 울타리가 아닌 답답한 감옥 같았습니다. 서로가 힘든 시간이었습니다. 그런 나른하고 고단한 시간을 가족들은 그저 지켜보기만 했습니다. 어머니께서도 당신의 희생은 당연하게 여기시면서도 자식들이 무거운 짐을 함께 지는 걸 원하지 않으셨지요. 어쩌면 어머니께 '사랑'과 '효'라는 명목 아래 무조건적인 희생을 강요한 것은 아닌가 생각됩니다.

그런, 할머니께서 세상과 작별하시고, 어머니는 자신만의 일상을 되찾았습니다. 씹는 것이 수월하지 않은 할머니를 생각해 유동식을 준비하지 않아도 되었고, 기저귀나 일회용 침대 커버를 사러 가지 않아도 되었습니다. 정기적으로 병원을 다니며 증상을 체크하고 약을 챙겨 먹여야 할 사람이 사라졌고, 같은 질문을 무한 반복하며 성가시게 굴던 사람이 증발하듯 없어진 시간에 어머니는 차마 기뻐하지 못하셨습니다. 더 잘해드리지 못한 것을 생각하며 못내 아쉬워하셨고, 마음을 다해 모시지 않은 순간을 기억하며 자책하셨습니다.

되찾은 어머니의 시간 앞에서 어머니는 다시금 할머니를 소환해 기억하고, 아파하며 긴 시간을 보내셨지요. 간병하는 사람의 시간은 환자에게 묶여 있습니다. 최근에는 요양병원에 부모님을 모시는 분들도 늘어나고 있지만, 가정에서 보살피는 경우도 여전히 많습니다. 자신을 내던지고 살아야 했던 시간에 어머니의 시간은 삐걱였지만, 외면받았습니다. '어머니만이 할 수 있는 일'이라는 핑계를 앞세워 외할머니를 온전히 어머니께만 맡겼던 시간이 있었지요.

그런데도 할머니가 먼 길을 떠나시고 난 후, 가장 아파했던 사람은 어머니셨습니다. 어머니의 자식 사랑만 위대한 것이 아니라, 자식의 부모 사랑도 찬란하다는 것을 몸으로 가르쳐주셨습니다. 그 모습이 오롯이 남아 다시, 100병동의 인물이 되었고 스토리가 되어주었습니다.

'유병장수 시대'라고 합니다. 보험은 필수요, 더는 자식이 부모의 노후를 책임지지 않는다며 모아둔 재산은 병원비로 잘 가지고 있어야 한다는 웃픈 얘기를 나눕니다. 소설『다시, 100병동』에는 우리 이웃의 삶이 담겨 있습니다. 관심받아 마땅한 누군가의 시간이 새겨진 작품입니다. 할머니의 마지막 생신에 케이크 한 조각 사드리지 못한 것이 죄스러움으로 남습니다. 자신의 생일도 기억하지 못하는 치매 노인에게 케이크는 의미 없는 것이라 치부했던 못난 손녀, 치매를 앓기 시작하면서 의심이 늘어난 할머니, 그래도 손녀가 주는 음식은 군소리 없이 따박따박 받아 잡수시던 모습이 아프게 기억됩니다.

유한한 인간의 생이 때론 위로가 되기도 한다는 사실을 알려주신 크고 높은 사랑입니다. 외할머니를 간병하시느라 멈췄던 어머니의 시간은 느릿느릿 자신을 향해 돌아갑니다. 이제는 온전히 당신의 날들을 행복으로 누릴 수 있기를. 진심을 담아 쓴 제 소설이 독자에게 작은 울림을 전할 수 있기를 바랍니다. 봄, 여름, 가을, 겨울 그립지 않은 계절이 없습니다. 참 많이 보고 싶습니다.

죽음에서 다시 삶을 배운다

조해진 | 소설가

우리 중 대부분은 가까운 사람의 죽음을 지켜봐야 하는 고통을 겪을 수밖에 없고, 우리가 아무리 한 사람의 부재에 깊이 애도해도 완벽한 절연 앞에서 어떤 슬픔도 이만하면 됐다는 충족을 줄 리 없다. 특히 노은희 소설『다시, 100병동』의 '나'처럼 '복합 부위 통증 증후군'을 앓던 아내의 살인적인 고통과 남은 가족을 위한 그 선택된 죽음을 지켜본 사람이라면 더 이상 이전의 삶으로는 돌아갈 수 없을 것이다. '산 사람은 산목숨이니 살아야 하지' 않겠냐는 비정한 말은 아무런 복구의 힘이 없고 신은 구체적인 해결책을 마련해주지 않는다. 그렇기에 '요양보호사'가 되어 요양원의 다른 죽음들을 간호해주고 떠나보내는 일을 선택함으로써 스스로를 치유하는 소설 속 '나'라는 인물은 미덥다. 우리는 인간이기에 죽음에 무력하지만 동시에 그 죽음에서 다시 삶을 배운다는 희망을 일깨우기에, 진정한 애도는 남은 자들이 소중한 사람의 죽음에서 희망을 찾아가는 것임을…….

이별하는 과정이 짐이 되지 않기를

조수경 | 소설가

당연한 얘기지만, 사람은 누구나 죽는다. 태어난 순간부터 매일 하루씩 죽음 쪽으로 향해간다. 소설 속 화자의 아내 역시 이 사실을 잘 알고 있다. 아내가 딸 세영을 낳고 느끼는 감정은 기쁨보다 오히려 죄책감에 가깝다. '아이에게 삶만을 선물한 것이 아니고 죽음까지 안겨준 것이 너무 미안해서' 아이와 눈을 맞추지 못한다.

'죽음'이라는 공통된 결말이 정해져 있기에 우리는 살면서 많은 것을 배워야 한다. 이별하는 법을 배워야 하고, 애도하는 법을 배워야 하고, 무엇보다 좋은 삶을 사는 것만큼이나 좋은 죽음을 준비하는 법도 배워야 한다.

그러나 안타깝게도, 삶의 모습이 다양한 것처럼 죽음이 찾아오는 형태 또한 다양하기에 누군가는 도무지 '좋은 죽음'을 맞이할 처지가 되지 못한다. 화자의 아내가 그랬다. 부드럽고 온화한 성품의 아내는 복합 부위 통증 증후군 진단을 받은 후 "손길이 살짝 스치기만 해도 응급실을 가야 할 만큼 격한 통증을 호소"하며 험한 말을 입에 담고, 마약성 진통제 없이는 기본적인 생활조차 불가능한 사람으로 변했다. 해결되지 않는 고통 속에서 그녀는 급기야 죽음을 원하게 되고, 화자는 그런 아내를 보며 '편안하게 죽는 법'을 검색한다.

소설 속 얘기만이 아니다. 치매에 걸린 배우자를 수발하다가, 중풍으로 쓰러진 어머니의 간곡한 부탁으로, 장애인 자녀를 돌보다가……이유는 다르지만 '간병 살인'은 사회 곳곳에서 일어나고 있다. 다른 선택지가 있다면 생기지 않을 일들이 여전히 계속되고 있다.

어쩌면 '온전한 위로'는 가장 가까운 사람들의 몫이 아닌, 약간의 거리가 있는 사람들만이 품을 수 있는 예의인지도 모른다. 잔인하게도, 가장 가까운 사람들은 사랑하는 이의 고통 앞에서 진심이 담긴 위로만 건넬 수는 없다. 마냥 슬퍼하거나 희망만을 고집할 여유도 없다. 불어나는 병원비와 당장의 생계를 걱정하며 머릿속으로 수없이 계산하고, 무너지고, 죄책감을 느끼며 살아간다. 시간을 견디고 견디다 함께 병들어 간다. 아픈 이도, 간병하는 이도 매일 벼랑 끝을 바라보고, 누군가는 떠밀리듯 추락을 선택한다.

사랑하는 사람과의 이별은 아플 수밖에 없다. 슬플 수밖에 없다. 하지만, 최소한 이별의 과정이 누구에게도 '짐'이 되지 않기를 바랄 뿐이다. '짐' 때문에 '죽음'을 선택하는 일이 없기를 바랄 뿐이다.

여기, 더는 개인의 문제가 되어서는 안 되는 이야기들이 있다. 그저 누군가의 불행이 아닌 사회가 함께 풀어야 할 문제, 외면하던 시선을 옮겨 함께 직시해야 할 생들이.